달의 뒷면을 걷다

달의 뒷면을
걷다

전혜진 소설

폴라북스

추천의 말

　　SF 영화에 관한 글이야말로 SF 장르에 대한 오래된 오해를 만든 주범이 아닐까 의심한 적이 있다. SF라기보다는 인간의 위대함을 담은, SF이지만 감성적인 이성과 감성이 분리되고 SF는 감정과 무관하다는 식의 논조는 SF 장르 '영업'에 아무런 도움이 안 된다. 못지않게 오해 받은 장르가 '순정만화'다. 10대 소녀들이 소비하는 가벼운 로맨스 정도로 대하는 자들은 이 장르에 담긴 무궁한 세계를 모른다. 권교정의 《제멋대로 함선 디오티마》를 오마주한 전혜진 작가의 《달의 뒷면을 걷다》는 'SF'와 '순정만화'의 스펙트럼을 섞고 교차하고 확장한다. 천체물리학을 기반으로 확장한 상상력이 SF가 얼마나 순정만화다울 수 있는지, 순정만화가 얼마나 SF 같은지 보여준다. 장르 이해의 저변을 넓히는 의미에서도 귀한 텍스트라고 감히 표현하고 싶다.

―임수연 〈씨네21〉 기자

차례

추천의 말—임수연 〈씨네21〉 기자	**005**
《제멋대로 함선 디오티마》 설정 소개	**009**
달의 뒷면을 걷다	**021**
《달의 뒷면을 걷다》 설정 소개	**169**
작가의 말	**199**
부록	**207**

《제멋대로 함선 디오티마》 설정 소개

《제멋대로 함선 디오티마》 등장인물

나머 준

CSC 입사 4년 만에 스물 여섯이라는 젊은 나이에 우주정거장 '디오티마'의 역장으로 부임. 사람들의 호감을 사는 아름다운 외모와 신비한 분위기를 지녔고 능력도 탁월하지만, 괴짜 같은 행동으로 부하 직원들을 당황시킨다. 이천 년 이상 삶과 죽음을 반복해 온 고대 그리스 여성, 디오티마의 환생이다.

지온 훗첸플로프

우주정거장 '디오티마'의 부역장. 근무 시간에 어딘가에 숨어 코를 골며 잠을 자거나 부하 직원들을 꼬드겨 게임을 하는 태만한 역장 나머 준을 구박하지만, 남몰래 준에게 연정을 품고 있다.

디오티마

더 많은 것을 알고 싶어서 넓은 세상으로 나갔고, 지구에 사는 인간은 영원히 볼 수 없는 '달의 뒷면'이 보고 싶었던 그리스 시대의 여성. 연인인 아리스타르코스가 계산을 통해 달의 크기를 알아냈을 무렵부터 지구에 사는 인간들은 영원히 볼 수 없는 '달의 뒷면'을 보고 싶다는 꿈을 꾸었다. 갑작스런 사고로 죽음을 맞은 이후 수많은 시간동안 환생을 거듭해 왔다.

존 H. 서얼

헥시틸린사의 지원을 받아 알테미스 계획에 참가. 인류 최초로 달의 뒷면에 착륙했다. 임무를 마치고 지구로 귀환하던 중 일어난 폭발 사고에서 자신을 희생해 지니어스 형제의 목숨을 구했다. 별명은 '디오티마'.

뮤 갈릴레이

우주정거장 '디오티마'의 의무실 담당 의사. 유년 시절에 부모님을 따라 달에서 산 적이 있어 저중력 환경에 다른 직원들에 비해 쉽게 적응한다. 부모님을 모두 우주암으로 잃었다. 부역장 지온과는 막역한 사이.

라테라사

달 개척 초기 엔지니어이자 영혼 감별사인 아서 우코의 손자. 달에서 아이를 낳는 것이 금지된 후 달에서 태어난 유일한 아이이자 마지막 '월인'이다. '라테라사'라는 이름은 달에서 사용하는 은어로 '달의 뒷면'이라는 뜻. 할아버지와 마찬가지로 영혼 감별사이며, 훗날 조난된 우주선에서 구조되었을 때 나머 준을 만나 그가 '진화하는 영혼'임을 알아본다.

스카 지니어스(스키조)

바이오 컴퓨터를 발전시킨 천재 과학자. 헥시틸린사의 알테미스 계획에 쌍둥이 형제 루이스 지니어스와 함께 참가했다. 존 H. 서얼의 희생으로 목숨을 건진 후, 그와의 마지막 약속대로 다시 만나는 날을 준비하며 CSC(우주철도공사)를 인수하여 우주 함선이자 우주정거장인 '디오티마'를 완성했다.

루이스 지니어스

스카 지니어스의 쌍둥이 동생. 형과 함께 쌍둥이 천재 과학자로 명성을 떨쳤고, 알테미스 계획으로 우주에 갔다가 살아 돌아온 뒤 사업을 시작했다. 서른 살 무렵에는 '억만장자 지니어스'라고 불릴 만큼 사업적인 재능도 뛰어난 인물. 거대 복합기업 레드래쿤사의 회장이다.

아서 맥스웰

존 H. 서얼을 달의 뒷면에 보내기 위해 알테미스 계획을 추진한 헥시틸린사의 회장. 훗날 지니어스 쌍둥이가 거대 우주정거장 '디오티마'를 만들고, 불과 스물여섯 살의 젊은 여성인 나머 준을 역장으로 임명하는 행보를 보고 나머 준이 존 H. 서얼의 환생임을 알게 된다.

아리스타르코스

그리스 시대를 산 '디오티마'의 친구이자 연인. 사고로 팔 다리를 잃고도 늘 긍정적이고, 세상을 이해하고 앞으로 나아가고자 하는, 지식에 대한 강한 열정을 가진 인물. 디오티마는 그를 '이해를 넘어선 사람'이라고 생각하지만 이끌리게 된다. 디오티마의 삶에 큰 영향을 미친 인물.

《제멋대로 함선 디오티마》 줄거리

 2084년, 세계우주기구는 달의 뒷면에 산업폐기물과 방사성폐기물을 매립할 수 있다는 방침을 승인하며, 이전부터 스페이스 데브리(Space debris, 우주 쓰레기) 수거와 처리 부서를 두고 있던 CSC(Cosmo Spaceway Corporation, 우주철도공사)를 비롯한 4개의 업체에 폐기물 운송권을 허가한다.
 일찍이 엑사비트 시대에 걸맞는 두뇌 용량을 가진 천재라 불리던 과학자 스카 지니어스가 만성 적자 상태의 ISC(International Space shuttle Corporation, 국제우주왕복선공사)를 인수하여 전환한 CSC는, 폐기물 운송권 허가에 발맞추어 스페이스 데브리 수거를 목적으로 하는 이동 우주정거장 건설을 계획한다. 그리고 2092년 3월 15일, CSC의 세 번째 우주정거장인 '디오티마'가 완공된다.
 플라톤의 〈향연〉에 등장하는 지혜로운 여성 '디오티마',

혹은 횔덜린의 소설에서 휘페리온의 연인이자 조화의 상징인 '디오티마'. 그러나 이 우주정거장 디오티마의 이름은 지혜와 조화를 상징하는 고전 속의 여성이 아닌, 스카 지니어스와 그의 쌍둥이이자 레드래쿤사社의 회장인 루이스 지니어스가 26년 전, 불과 스물한 살 때 겪었던 최악의 우주선 사고와 그때 자신을 희생하여 쌍둥이 형제의 목숨을 구한 존 H. 서얼 선장의 별명 '디오티마'에서 온 것이었다.

한편 이 화제의 우주정거장의 역장으로 취임한 인물은 바로 스물여섯 살의 아름다운 여성인 나머 준이다. 나머 준은 젊은 나이에 높은 지위에 오른 '운 좋은 사람'인 자신에게 의문을 품는 직원들 앞에서 첫 만남부터 자신을 '역장'이 아니라 '함장'으로 소개하는 괴짜이다. 성실하고 시간관념에 엄격한 부역장 지온 홋첸플로프는 게으르고 걸핏하면 늦잠을 자거나 게임을 즐기는 나머 준을 못마땅하게 여기지만, 곧 젊은 나이임에도 일의 프로세스를 정확하게 알고 상황에 맞는 적확한 지시를 내리는 나머 준의 뛰어남을 다시 보고, 호감과 함께 기묘한 쓸쓸함을 느끼게 된다.

> 거역할 수 없을 정도의 호감
> 압도적인 안타까움
> 그 기이한 안도감
> 존재할 것 같지 않은 고독과
> 예상치 못한 그리움

지온이 그리고 다른 많은 이들이 나머 준에게서 느끼는 비애와 안타까움, 어쩔 수 없는 호감은 나머 준의 본질이 기원전 3세기의 고대 그리스인 여성 '디오티마'였으며, 이전 생의 모든 기억을 가진 채 계속 삶과 죽음을 반복하며 서기 2092년까지 환생을 거듭해 왔다는 데서 비롯된다.

더 많은 것을 알고 싶어 넓은 세상으로 나갔던 디오티마는 연인인 아리스타르코스의 곁에 남기 위해 "평생 파로스의 등대만을 바라보고 살아도 좋다"며 돌아온다. 하지만 여전히 모든 산을 오르고 싶었고, 달의 뒷면을 보고 싶다고 생각하던 디오티마의 영혼은 그 좁은 세계에서 남기로 결심한 육체에서 벗어나 더 크고 넓은 세계로 넘어가기 위한 통과 의례처럼 죽음과 환생을 거듭한다. 그리고 수많은 탈피와도 같았던 환생 끝에 디오티마의 환생인 존 H. 서얼은 마침내 가장 커다란 집이었을 지구를 넘어 달의 뒷면에 도달한다.

사람의 영혼을 알아볼 수 있는 '영혼 감별사'들은 이 디오티마의 영혼을 두고 '진화하는 영혼'이라고 불렀다. 하지만 정작 디오티마 본인은 계속 앞으로 나아가기만 하는 삶이 진화인지에 대해 계속 회의한다. 찰나와도 같은 현재를 살아가는 수많은 사람들 속에서 홀로, 기나긴 영원을 살아가면서.

그리고 지금, 세상을 이해하고자 하는 욕망으로 삶과 죽음을 거듭해 온 나머 준의 앞에 과거 존 H. 서얼의 인연이었던 이들이 나타난다. 천재 과학자이자 사업가로, 존 H. 서얼과의 마지막 약속을 믿고 기다리며 CSC를 인수하고, 최신형 우주정거장을 만든 지니어스 쌍둥이와, 디오티마의 '이해의 영역을 넘어선 사람'이자 과거 존 H. 서얼에게 호의를 품고 '달의 뒷면을 보고 싶다'는 소망을 이루어 준 헥시틸린사社의 회장 아서 맥스웰, 그리고 달 개척 초기에서부터 엔지니어이자 '영혼 감별사'로서 존 H. 서얼의 영혼을 알아봐 주었던 아서 우코의 손자, 라테라사 우코가.

달의 뒷면을 걷다

일러두기
- 본문의 주석은 모두 편집자 주입니다.
- 영화명, 작품명, 신문과 잡지 등의 매체명은 〈 〉로, 책 제목은 《 》로 묶었습니다.
- 저자의 요청에 따라 일부 표현과 대사는 한국에 어문 규정의 외래어 표기나
  한글 맞춤법과 다른 부분이 있어도 저자의 의도를 따랐습니다.

1

운전면허에 합격하자마자 장거리 운전에 도전해 보기로 마음먹었다. 그 누구도 초보자라고, 엊그제 처음 운전을 시작한 사람이라고 무시할 수 없을 만큼, 아무나 쉽게 가지 못하는 아주 먼 곳에 가겠다고 결심했다.

지구에서 가장 먼 곳.
인간이 닿을 수 있는 가장 아득한 곳이라는, 달의 뒷면에.

시청에서 면허증을 받아 나오자마자 다이는 어머니가 젊었을 때 입었던 구형 우주복을 입고 할아버지의 낡은 월면용 밴을 몰고 나왔다. 고요의 바다와 증기의 바다 사이, 지구에서 보이는 달의 모습을 크게 해치지 않으면서도 지구를 정면으로 바라볼 수 있는 달기지를 벗어나 밖으로 나오면 남쪽으로 끝없이 이어진 오렌지 빛 루나로드가 펼쳐진다. 목적지는 어렸을 때 할아버지를 따라 딱 한 번 가 보았던 곳, 달의 남극이 위치한 에이트켄 분지의 가장자리. 루나로드가 끝나는 곳이다.

사실 이건 미친 짓이었다.

이제 갓 면허를 딴 십대가 아니더라도, 달 기지 밖은 농담으로라도 안전하다고는 말하기 어려운 세계다. 낮의 달 표면 온도는 127°C까지 오르고 밤에는 영하 173°C까지 떨어질 만큼 온도 변화가 극단적이다. 볕이 들고 안 들고에 따라 작은 구덩이 안팎의 기온이 60~70°C가 차이나는 건 예사다. 빛과 온도 뿐만이 아니라 통신도 지형의 영향을 심하게 받았다. 달의 뒷면은 물론 앞면에서도 충돌구의 그늘이나 산기슭 같은 곳에서는 지역에 따라 통신이 연결되지 않는 경우도 많다.

물론 달 기지 밖으로 나오면 바로 목숨을 잃는 죽음의 세계인 것은 아니다. 달 기지와 달의 뒷면을 연결하는 루나로드만 따라가더라도 길을 잃지 않고 할아버지가 계신 곳까지 갈 수 있다. 루나로드 여기저기에는 조난에 대비한 셸터가 있어 급할 때는 이곳에 마련된 비상식량이나 물과 의약품으로 위기를 넘기고 구조 신호를 보낼 수 있다. 또 루나로드와 달의 주요 거점을 중심으로 코스모폴리스가 정기적으로 순찰을 돈다.

그렇게 다양하게 대책을 마련해 두었다는 것은, 바꾸어 말하면 멋모르고 달 기지 밖으로 나갔다가 조난을 당한 사람이 한둘이 아니라는 뜻이기도 했다. 멋모르고 혼자서 혹은 둘이서, 지구에서 온 지 얼마 되지도 않았으면서 겁도 없이 달 기지 밖으로 나갔다가 조난당한 사람들은 대부분 며칠 안에 코스모폴리스에게 발견되지만, 불행히도 그들 모두가 산 채로 발견되는 것은 아니었다.

……그러니까 이제 겨우 면허증만 나왔을 뿐인 미성년자가 혼자서 달 기지 밖에 나오는 것은, 목숨을 걸 정도까지는 아니라도 역시 위험한 일이었다.

하지만 어릴 때부터 계속 생각했었다.

"누가 뭐라고 그러면 할아버지를 모시러 간다고 하면 되니까……."

다이는 들을 사람도 없는 변명을 중얼거리며 루나로드를 따라 남쪽으로 차를 몰았다.

우주 스테이션에서도 보인다는 루나로드의 시작점은 처음으로 유인 탐사선이 달에 착륙했던 고요의 바다 남쪽, 사람들이 '고요의 기지'라고 부르는 달 북위 0.8°, 동경 23.5° 지점이다. 이곳에서 시작하여 달 기지를 지나 남쪽으로 끝없이 달리다 보면 달의 남극에 도달한다. 여기에서 다시 에이트켄 분지에 위치한 광공업단지를 경유한 뒤, 처음으로 유인 탐사선이 달의 뒷면에 착륙한 지점까지 가야 끝이 난다. 그야말로 달 개척의 상징과도 같은 도로다.

지금 달의 앞면은 지구광이 밝혀 주는 밤이지만 이 오렌지 빛 루나로드 위로 지구광이 아닌 낮의 햇빛이 쏟아질 때면, 펜서 우주건설의 걸작이라 불리는 월면 모래로 만든 유리 성분의 도로 포장재가 깔린 이 길은 눈부신 황금빛으로 빛나곤 했다. 바람을 타고 날아온 여자아이가 마녀에게서 받은 구두를 신고 에메랄드 성에 사는 마법사를 만나기 위해 걸어갔다는 황금빛 벽돌길처럼. 어쩌면 이 루나로드를 설계한 사람들도 그 이야기를 떠올리며 이런 빛깔로 도로를 포장했는지도 모른다.

차 안에서 자다 깨다 배가 고프면 요기를 해가며 루나로드를 따라 계속 남쪽으로 향했다. 다이가 남쪽으로 달려감에 따라 하늘에 떠 있는 지구 역시 천천히 지평선을 향해 간다. 지구인들의 표현대로라면 마치 '달이 지듯이'. 문득 다이는 웃음 지었다. 열여덟 살이 될 때까지 다이는 지구 출신의 여러 선생님에게 수업을 받았다. 그들 중 상당수는 지구가 동쪽에서 떠서 서쪽으로 지지 않고 늘 비슷한 자리에서 모양만 바뀐다는 데 충격을 받았다고 했다.

"난 처음에는 그거 홀로그램인 줄 알았어."

지금은 폐교가 되다시피 한 초등학교 때의 담임 선생님은 그런 말을 했었다. 달이 밤인 동안에는 지구가 우주 머리 위 같은 자리에 계속 떠 있다가, 달이 낮이 되면 모습을 감추는 것을 보고 깜짝 놀랐다고. 저 밖의 풍경은 가짜라는 것을 알려주기 위해 만든 브레이크인 줄 알았다고.

"여기까지 오는 동안 탔던 우주왕복선에서는 바깥 풍경이 보였는데, 상식적으로 생각해 보면 그게 진짜일 리 없지. 비행기처럼 유리 한 장 너머로 볼 수 있는 것도 아니고. 그런데 오다 보니까 뭔가 이상한 게 있는 거야."

"뭔데요?"

"달이 2분에 한 번씩 자전해."

"……미쳤나 봐요."

"그래, 나도 내가 미친 줄 알았어. 근데 그게 브레이크라고 하더라고. 이렇게 진짜 같은 우주를 보여드리고 있지만 속지 말라고, 저거 다 가짜라고 알려주기 위한 거라더라. 웃기지?"

여기 와있는 '선생님'들은 대부분 닷사대학 출신의 젊은 연구원이나 대학원생들이었다. 지구에 있더라도 생활비를 벌기 위해 과외 수업을 했을 그들은 달에 와서도 생계를 위해 또는 가족을 위해 몇 안 되는 이곳의 월인 아이들을 가르치는 일에 나섰다.

평범한 사람이 아닌 우주공학으로 유명한 대학의 우주 관련 학과를 졸업한 사람조차도, 때로는 달에서 바라본 지구가 동쪽에서 떠올라 서쪽으로 지는 가짜 영상에 속아 넘어간다. 이들이 평생 보아 온 풍경은 해가 동쪽에서 뜨고 서쪽으로 지며 달 역시 그러하다. 그래서 1968년 아폴로 8호에서 윌리엄 샌더스가 촬영한 달의 지평선 위에 지구가 둥실 떠 있는 사진을 보고 '지구돋이'라고 부르며 감탄한 거다.

진실은 그보다는 좀 시시하다. 지구는 늘 비슷한 위치에 떠 있다. 지구가 지평선 너머로 들락거리는 모습은 지구인들이 달의 '앞면'과 '뒷면'이라고 부르는 그 경계면 일부에서나 보이는 특수한 사례일 뿐이다. 그렇게 '떠오르는' 지구도 지평선 주변을 깔짝거릴 뿐, 지구인들이 상상하는 것처럼 하늘 높이 둥실 떠오르는 일은 없다. 달에서는 그런 모습이 자연스럽다. 하지만 중세 이전의 천동설도 아니고 지구가 마치 우주의 중심이라도 된 것처럼 한 자리에 못 박힌 채 낮이나 밤이나 떠 있다는 것은, 지구인들 입장에서는 머리로는 알아도 마음으로는 쉽게 받아들여지지 않는 일인 모양이었다. 그러니 보통의 지구인들은 더하겠지.

하지만 같은 자리에 있다고 해도 달 기지에서 올려다보는 지구의 모습까지 늘 같은 것은 아니다. 달의 앞면에 밤이 찾아오면 검푸른 우주 한가운데에는 반지구가 떠 있고, 다시 지구가 둥글어져 보름지구가 되는 동안 지구에서 보는 달은 손톱처럼 가늘어지다 아예 보이지 않는 그믐이 된다고 했다. 그렇게 형태가 바뀌는 지구의 표면 위로 대륙과 바다와 구름이 만들어 내는 푸른색과 초록색, 흰색의 배열이 시시각각 변화한다. 지구가 자전을 한다는 증거처럼.

달에서는 한 달의 절반은 낮, 절반은 밤이다. 지구에 보름달이 뜨면 달의 앞면은 한낮이다 보니 지구가 그믐이 되는 모습이 바로 보이진 않는다. 하지만 지구에 개기일식이 일어났을 때에는 보름지구에 달의 그림자가 비치는 지구식을 볼 수 있고, 달에서 개기월식이 일어났을 때에는 태양에 지구의 그림자가 지나가는 일식을 볼 수 있다.

그러니까 지구가 늘 똑같아 보인다고 투덜거리는 건 지구인들의 편견이라는 거다. 지구는 늘 비슷한 자리에 있을 뿐, 계속 변화무쌍하게 모습을 바꾸고 있으니까.

"어디, 여기쯤이 좋으려나."

다이는 한참 남쪽으로 달려가다가 잠시 차를 세웠다. 눈앞에는 푸르게 반짝이는 지구가 지평선에 걸려 있는 모습이 펼쳐져 있었다.

다이는 도로 위에 삼각대를 세우고, 할아버지의 낡은 차와 루나로드와 지평선에 걸린 지구가 한 프레임에 들어오도록 카메라를 조정했다. 잠깐 동안인데도 낡은 우주복의 원단 너머로 뜨거운 햇볕과 시린 추위가 동시에 느껴졌다. 장시간 외부활동을 하는 건 역시 무리였다. 그래도 이런 구형이라도 밖에서 삼사십 분 정도는 너끈히 버틸 수 있어서 다행이었다.

첫 장거리 운전의 기념사진을 서둘러 찍고 다시 차를 몰아 지구가 더 이상 보이지 않을 때까지 달려가다 보면, 2023년 달의 남극권에 처음으로 도달한 지구의 탐사선 찬드라얀 3호가 착륙한 만지누스 충돌구 인근의 시브 샤크티 지점에 도달한다. 대략 여기를 지나고 나면 지구의 그늘에조차 드는 일 없는 달의 뒷면이 시작된다. 이제야 이 긴 여정의 절반을 조금 넘은 셈이다. 목적지는 에이트켄 분지를 가로지른 저 건너편, 루나로드의 끝이다.

지구인들은 남극이라고 하면 바다로 둘러싸인 춥고 쓸쓸한 땅, 얼음으로 뒤덮인 겨울의 대륙을 떠올린다. 달의 뒷면이라고 하면 인간의 발길이 닿지 않은 적막하고 고요한 곳이라고 흔히 생각한다. 하지만 그건 아무것도 모르는 소리다. 달의 남극 주변에 자리한 에이트켄 분지는 달의 앞면에 자리한 달 기지 이상으로 인간에 의해 개발된 지 오래였다. 칼륨과 인과 우라늄, 그리고 방사성 희토류 원소들로 이루어진 희귀 광물 KREEP을 채굴하는 광산이 있고, 다이의 할아버지가 일하는 월면 모래를 가공하여 특수한 유리 블록을 만드는 펜서 우주건설의 연구소와 공장들, 과학기지, 천문대, 다른 행성을 향한 로켓을 제작하고 발사하기 위한 우주센터들, 그리고 달 기지까지 열차로 이어진 화물 터미널들이 거대한 도시를 이루고 있으니까. 이 거대한 구역을 그대로 빠져나와 지평선까지 달려가다 보면 분지를 둘러싼 거대한 산맥을 앞에 두고 그제야 비로소 루나로드의 끝이 보인다.

적막하고 쓸쓸한 곳. 달에 와 있는 사람들 대부분이 거의가 보지 못한, 인간이 닿은 곳 중에 가장 멀고도 고요한 그곳에 인류 최초로 달에 착륙한 닐 암스트롱의 발자국 앞에 놓인 표지석보다 조금 작은 금속판이 놓여있다.

이 금속판에는 인류가 최초로 달의 뒷면에 착륙한 날짜가 새겨져 있다. 그 뒤에는 몇 개의 발자국과 함께 꾹꾹 눌러 새겨놓은 세 사람의 이름이 강화유리에 덮인 채 남아 있다.

SCAR

LOUIS

DIOTIMA

여기에 이름을 새긴 세 사람 중 두 사람에 대해서는 누구나 잘 알고 있었다.

첫 번째 줄에 적힌 사람은 바이오컴퓨터를 현재의 모습으로 발전시킨 공학자로 십대 때부터 엑사비트 시대에 걸맞는 두뇌 용량을 지닌 천재로 유명했으며, 현재 우주철도공사 CSC Cosmo Spaceway Corporation의 오너인 스카 지니어스다.

그 다음으로 이름을 새긴 사람은 스카의 쌍둥이 형제이자 스카와 마찬가지로 천재적인 두뇌를 경영에 활용하여 서른 전에 '억만장자 지니어스'로 불렸다고 하는 거대 복합기업 래드래쿤사社의 회장인 루이스 지니어스.

그리고 맨 마지막 줄에 적힌 사람도 누구나 다 알 정도로 유명하진 않지만, 달 개척이나 우주 탐사와 관련된 일을 하는 사람들에게는 나름대로 의미가 있는 인물이다. 존 H. 서얼. 통칭 '디오티마' 선장이라고 불렸다지.

이들 세 사람은 다이가 태어났던 서기 2066년, 헥시틸린사社의 탐사위성 알테미스 계획의 일환으로 지구에서 출발, 달의 뒷면에 최초로 유인 우주선으로 착륙한 사람들이었다.

"……알 만한 사람들이 말이야."

공기도 없고, 바람도 불지 않고, 인간 외의 다른 생물도 없는 달에서는 누군가가 일부러 그 위를 밟고 지나가지 않는 한, 그 흔적은 영원히 남아 있을 것이다.

아마도 그 영원 속에 이름을 새기고 싶다는 그런 마음으로, 그 세 사람은 달의 거죽 위에 자신들의 이름을 새겼을 것이다. 처음으로 인간이 달의 뒷면에 착륙한 바로 그 날에.

"환경오염이라고."

다이는 루나로드의 끝에 있는 공터에 차를 세우고 표지석까지 걸어오다 말고 멈추어 서서 그 흔적을 쳐다보며 중얼거렸다.

"배울 만큼 배웠으면 기념한다고 아무데나 자기 이름을 쓰면 안 된다는 것 정도는 알아야지."

지금도 달에 파견되어 오는 사람이라면 어지간한 사람은 석사 이상의 고학력자다. 크게 학력에 구애받지 않는 일이라 하더라도 최소한은 대학 졸업 이상, 2개 국어 이상의 외국어 구사 능력과 성실함, 책임감, 체력, 그리고 저중력 적응 훈련 결과까지 다양한 증명을 요구받는다. 다이가 태어나기 전, 아직 달 개척 초기였던 그 무렵에는 더했을 것이다. 특히 인간이 아직 닿지 못한 미답지의 경지에 도전하려는 사람이라면, 본인의 특출한 능력에 더해 학력이나 체력은 물론 성품까지도 철저히 검증해서 보냈을 것이다.

스카와 루이스, 지니어스 쌍둥이야 십대 청소년 시절부터 이미 천재 과학자 소리를 듣던 사람들이니, 그 당시 겨우 스물한 살이었고 우주에 나온 것도 처음이었지만 이런 대형 프로젝트에 투입될 수 있었을 것이다. 이런 곳에다 이름부터 새겨 놓은 것을 보면 머리와는 별개로 철은 없었을지도 모르지만.

하지만 디오티마 선장은 어른이었다면서.

다이는 혀를 찼다. 가까운 사람들에게는 '디오티마'라는 이름으로 불렸다던 선장 존 H. 서얼은 당시 서른여섯 살. 선장으로서는 조금 젊은 나이였지만 경험도, 역량도 충분한 사람이었다고 들었다. 그런데 달까지 와서 한다는 짓이 이런 데다 자기들 이름을 꾹꾹 눌러 새겨놓는 것이라니.

"한심해서는."

다이는 세 사람의 이름을 노려보다가 슬그머니 주위를 둘러보았다. 정찰 카메라가 주기적으로 이 근방을 돌고 있기는 하지만 세 사람의 이름 위에는 영구 보존을 위한 강화유리가 한 겹 덮여 있을 뿐, 닐 암스트롱의 발자국처럼 사방에 거창한 보호 조치가 되어 있는 것은 아니었다. 다이는 유리판 앞으로 가까이 다가갔다. 그는 위의 두 사람의 이름을 지나쳐 맨 마지막에 적힌 이름을 노려보다가 발끝으로 꾹꾹 밟았다.

플라톤의 〈향연〉에도 나온다는 지혜로운 여성 철학자의 이름이자, 횔덜린의 〈휘페리온〉에 나오는 이상적인 여성의 이름을.

그에게는 별명이었지만 자신에게는 이름인 그 짧은 단어를.

달의 아이, 월인.

이곳 달에서 태어나 평생을 이곳에서 살아가야 할 자신에게 옭아매어진 저주이자 영원한 족쇄를.

2

 지금 지구와 달, 그리고 우주정거장에 살고 있는 모든 인류를 통틀어 현재 열다섯 살에서 서른 살까지 여자들의 이름에 가장 많이 들어 있는 뜻은 '달'이 아닐까 생각할 때가 있었다. 실제로도 가능성이 높은 이야기였다. 28년 전, 달 개발이 본격적으로 진행되기 시작할 무렵, 지구인들은 마치 고대의 달의 여신들을 다시 불러내듯 여자아이들에게 다이애나 아프로디테, 항아나 창어, 가구야 같은 이름을 붙이기 시작했으니까.

 ……그러니까 다이가 누군가를 처음 만나 자기소개를 하는 자리에서 본명이 아니라 애칭인 '다이Di' 쪽을 말하면 사람들은 흔히 짐작한다. 이 아이의 본명은 로마시대의 달의 여신 디아나에서 따온 다이애나라는 이름일 거라고. 좀 더 붙임성이 있는 사람이라면 다이를 두고 달에서 태어난 여자아이

라 그런지 달의 여신의 이름이 누구보다도 잘 어울린다고 말하기도 한다. 호의에서 나온 말이겠지만, 다이의 것은 될 수 없는 호의다.

본명인 디오티마로 자기소개를 하면 그때부터는 반응이 조금씩 달라진다. 아무래도 평범한 사람들에게는 국적을 바로 짐작할 수 없는 이국적이고 낯선 이름으로 들리는 모양이었다. 하지만 이곳 달에 와 있는 사람들은 대부분 연구원이나 엔지니어, 의사, 그리고 그들의 가족이었다. 식자층이 많은 이곳의 지구인들 중에는 그 이름을 듣고 플라톤의 〈향연〉이나 횔덜린의 〈휘페리온〉을 떠올리는 이도 적지 않았다.

플라톤의 〈향연〉에 나오는 만티네아의 디오티마는 소크라테스와 동등하게 대화를 나누며 에로스와 덕과 아름다움의 이데아에 대해 논했다는 전설적인 여성이었고, 횔덜린의 〈휘페리온〉에 나오는 디오티마는 휘페리온의 연인이자 조화와 아름다움을 상징하는 이상적인 여성이었다. 사람들은 이 월인 소녀가 가족 간의 대화에서 다양한 고전을 흔히 인용할 만큼 학구적이고 교양 있는 환경에서 자랐을 것이라고 멋대로들 생각했다. 또는 지구에서도 20세기에 유행했을 한물간 가족 드라마에서나 볼 수 있는 화목한 대가족의 모습을 상상하며 할머니나 어머니가 그리스 쪽 분이셨느냐 묻기도 했다.

그런 상상을 하는 것도 무리는 아니다. 가족의 이름을 따서 새로 태어난 아기의 이름을 짓는 건 제법 보편적인 일이니까. 다이의 할아버지인 아서 우코만 해도 그의 할아버지도 아서, 할아버지의 할아버지도 아서였다고 한다. 자신이 못 이룬 일을 다른 누군가가, 아버지가 못 해낸 일을 그 아들이, 그 아들의 아들이, 세대를 거쳐 가며 꿈을 이어가기 위해서는 마치 성姓만으로는 모자라다는 듯이.

하지만 할아버지는 그런 이유로 디오티마라는 이름을 붙여 준 것은 아니었다.

여튼 다이네 집은 그리스 고전을 식탁 앞에서 논할 만큼 학구적이지도 않았고, 지구에서 흔히 보는 가족들이 지지고 볶으며 사는 시끌벅적하고 행복한 가정도 아니었다. 평범하게 행복하고 남들보다 조금 더 불행했으며, 지금은 할아버지와 미성년자인 손주 둘이 사는 집일뿐이다. 다이는 사람들의 오해를 정정하기 위해 최대한 무미건조하게 대답하곤 했다.

"별 뜻 아니에요. 할아버지의 아는 사람 이름을 따온 거니까."

그렇게 말하면 대부분은 관심이 바로 수그러들지만, 때때로 진지한 얼굴로 이름의 유래에 대해 다시 묻는 이들이 있다.

혹시 존 H. 서얼을 아느냐고.

그렇다. 이쪽이 제일 끈덕지고 지겨운 부류였다.

타우 시청에서 큰 길을 하나 건너면 커다란 광장이 있다. 그 광장 주변을 에워싼 여러 위압적인 건물 중에 가장 눈에 띄는 것이 바로 달 기지의 중심인 세계우주기구다.

세계우주기구 앞에는 우주 개척 시대를 상징하는 잿빛의 거대한 달 모형이 놓여 있다. 인간의 손길이 닿기 전, 아무 것도 뚫고 파내고 쌓아올린 것 없이 바다와 고지, 산과 산맥, 그리고 수많은 크레이터만이 존재하는 태초의 달. 이 거대한 달 모형은 세계우주기구의 상징이자 인간의 도전과 개척정신의 상징이었고, 지구에서 온 사람들이라면 반드시 기념사진을 찍고 가는 명소였다. 사람들은 화면으로만 봐서는 실감이 나지 않을 만큼 커다란 이 달 모형을 보고 감탄하곤 했다. 달이라는 건 이렇게 울퉁불퉁한 것이라면서 웃으며 사진을 찍고, 더러는 달 모형의 아래쪽이 까맣게 손때가 타고 맨들맨들해질 정도로 손바닥으로 쓰다듬었다. 달이야말로 인류가 되찾아야 할 마지막 순수라면서 어설프게 시인 흉내를 내는 이들이 손으로 다 헤아릴 수도 없을 만큼 많았다.

저 사람들은 알까.

달에서 태어난 사람에게 있어 저런 '태초의 달' 모형 같은 것은 촌스럽고 불쾌할 뿐이라는 것을.

그것은 마치 과거 남성 미술가들이 벌거벗은 여성의 몸을 노골적으로 그리거나 조각해 놓고 저들끼리 시시덕거리며 신화 속 여신이나 요정, 유혹하는 이브, 역사에 이름이 기록된 창녀, 혹은 자연 그대로의 아름다움이나 성스러운 어머니 등 갖다 붙일 수 있는 온갖 헛소리와 변명들을 지어 붙이던 것과 다르지 않았다. 제국주의 시대에 백인 지배자들이 아프리카나 인도, 혹은 식민지로 삼은 다른 여러 나라의 백인이 아닌 사람들을 데려다 눈요깃거리 삼아 끌고 다니거나, 그들의 문화와 예술을 두고 자연과 원시와 순수의 모습이라며 조롱인지 찬양인지 모를 말들을 늘어놓던 것보다 나을 것이 없었다.

그리고 여기 달에까지 올 수 있을 정도로 좋은 배경과 품위, 넉넉한 재산까지 지녔을 저 지구인들이 바로 달을 두고 그런 헛소리들을 되풀이하고 있었다.

인간이 달을 밟고 토끼도 계수나무도 여신도 없다는 것을 확인한 이 시대에 아르테미스와 셀레네와 헤카테, 디아나와 루나, 타니트, 고양이의 머리를 한 바스테트, 월식의 여신 데위 라티와 불사약을 먹고 월궁에서 살게 된 창어, 달로 돌아간 가구야 공주, 그밖에도 지구의 온갖 문화권에서 이야기했던 달의 여신들을 호명하면서.

결국 그런 헛소리도 정복하고 지배한 자들이나 할 수 있는 짓거리다. 이렇게 자기들 멋대로 무엇이든 결정할 수 있다는 듯 구는 작자들이나 할 수 있는.

다이는 가볍게 심호흡을 하고 가방을 열어 얇은 이불처럼 보이는 천 무더기를 꺼냈다. 그리고 달 모형을 향해 다가가며 제 몸보다 더 커다란 현수막을 펼쳐 머리 위로 휘둘렀다. 표준중력의 1/6밖에 되지 않는 이곳에서 있는 힘을 다해 휘두른 현수막은, 다이의 키 높이 두 배 가까이 높이 떠올랐다가 달 모형 위로 천천히 내려앉았다. 지구에서는 보이지 않는다는 달의 뒷면 위로 '달은 지구의 쓰레기통이 아니다'라고 적힌 새빨간 현수막이 펼쳐졌다. 그리고 다이는 행복하고 얼빠진 표정으로 기념사진을 찍는 부유한 관광객들을 향해 목이 터져라 소리쳤다.

"달은! 지구인들의! 쓰레기통이! 아니야!"

몇몇 관광객들이 테러범이라도 나타난 듯 어깨를 움츠렸다. 지나가던 말쑥한 옷차림의 사람들이 깜짝 놀라 다이를 쳐다보았다. 몇몇은 다이를 알아보고 손가락으로 가리키기도 했다. 짜증 나. 다이는 속으로 중얼거리며 더욱 목청을 돋우어 소리질렀다.

"이틀 전! 이틀 전에! 달에 산업폐기물을 매립하는 법안이 승인되었습니다. 바로 여기 세계우주기구에서요. 달이! 무슨 지구인들 쓰레기통입니까!"

"그만 해, 다이."

누군가 다이를 붙잡았다. 할아버지가 근무하는 펜서 우주건설의 직원이었다. 할아버지는 이곳 달에서 최연장자이자 최고참이었고, 이에 지구에 사는 엔지니어들은 펜서 우주건설 소속이든 헥시틸린이나 CSC 소속이든, 다들 다이와 그 동생인 라테와 안면이 있었다.

할아버지 때문이 아니더라도 다이와 라테라사의 존재는 다소 특별했다. 두 아이는 월인, 그것도 현재 생존해 있는 월인 다섯 명 중 두 명이었다. 달 거주법이 통과되고 미성년자의 1개월 이상 달 체류가 전면 금지된 지금, 달에서 거의 찾아볼 수 없는 18세 미만의 청소년이기도 했다. 직접 만나서 이야기를 나눠 본 적은 없더라도 달에 와 있는 사람들은 다들 다이의 존재 정도는 알고 있었다. 게다가 이에 지구의 엔지니어들이라면 어느 회사 사람이든 종종 할아버지에게 조언을 구하러 찾아오다 보니 개중에는 지구에 두고 온 조카나 동생이 생각난다며 다이와 라테라사를 퍽 귀여워하는 이들도 있었다.

하지만 아무리 친한 척을 하더라도 그들 역시 지구인일 뿐이다.

"할아버지가 걱정하셔."

달의 미래나 달에서 태어난 아이들의 앞날에는 요만큼의 관심도 없이, 그저 있는 자원이니까 알차게 이용하면 그만이라고 생각하는 지구인들.

"내 집 앞에 쓰레기를 자기들 멋대로 갖다버린다는데 사람이 항의도 못 해?"

끝없이 월면 모래를 캐내어 특수 유리와 건축 자재들을 만들고, 달에 시추공을 뚫어 자원을 캐내고, 그리고 이제는 달의 뒷면에 지구산産 쓰레기까지 가져다 버리는데, 눈 감고 아무 말도 하지 않는 지구인들. 그들은 마치 달을 잠시 머물렀다 가는 곳, 사람이 살지 못하는 땅으로 여긴다. 누구는 이 곳에서 태어나 평생 이 땅에서 벗어날 수 없는데도.

"이게 그냥 폐기물도 아니잖아! 사람한테 해로운 유해물질들, 방사성폐기물들, 지구에서 만들어낸 쓰레기들을 달에다 그냥 갖다 묻겠다고…… 지구인들이 싫어하는 것들, 지구에서 처리하기 어려운 것들, 그냥 마음대로 눈에 안 보이는 데다 갖다 파묻어 버리면 되는 줄 아냐고!"

세계우주기구가 달에 산업폐기물과 방사성폐기물 매립을 승인한 것이 바로 이틀 전의 일이었다.

정확히는 지구에서 보이지 않는 달의 뒷면, 달 전체의 약 41%를 차지하는 구간 내에. 감히 지구인들의 시야를 더럽히지 않을 만한 곳에.

생각해보면 지구인들은 늘 그랬다. 지구에서 잘 보이는 달의 앞면에는 주거지와 호텔, 둥글고 커다란 지구가 하늘 한가운데 잘 보이는 곳에 달 기지를 지어 놓고, 달의 뒷면에는 공장과 과학 기지, 화물 창고를 지었다. 보름달을 올려다보며 바다의 음영에서 토끼와 두꺼비와 당나귀와 게를 떠올리는 지구인들의 꿈을 방해하느니 차라리 달을 폭파시켜 버리겠다는 듯이, 그들은 눈에 거슬릴 만한 것들은 전부 달의 뒷면으로 치워버리는 재주가 있었다.

그리고 이제는 쓰레기장이다. 달에서 발생한 쓰레기나 달 궤도에 이끌린 스페이스 데브리를 수거하고 재활용하기 위한 쓰레기 처리장은 예전부터 있었다. 하지만 이번에는 지구에서 만들어낸 유해한 물질들까지 굳이 로켓에 실어서 달에 가져와 파묻겠다는 거다. 달이야말로 거리낄 것 없이 착취하고 약탈할 수 있는 인류 최후의 식민지라도 된다는 듯이.

"달이 너희들 쓰레기통이야? 달이 지구인들 거냐고! 여기도 여기서 태어난 사람들이 있는데! 우리에게는 물어보지도 않고!"

"디오티마 우코!"

낯익은 목소리와 함께 코스모폴리스의 억센 손이 다이의 어깨를 붙잡았다. 다이의 이웃집에 사는 제프 바비케인 경사가 능숙하게 다이의 몸을 돌려 양 손목을 등 뒤로 모아 쥐었다. 수갑을 채우거나 묶지는 않았지만 뿌리치고 도망치지는 못할 만큼.

"다이, 너 며칠 잠잠하더니 또 왜 그래?"

"달에다가 방사성폐기물을 갖다버리겠다잖아!"

"할 말이 있으면 민원을 넣어. 여기서 소란 피우지 말고."

"지구인들은 달에서 길어야 3년 머무르면 떠나니까 자꾸 잊는 모양인데, 여기서 태어나서 평생 살아야 하는 사람도 있어. 우리가 아직 전부 미성년자라서 투표권 행사도, 출마도 할 수 없다고 그냥 안 보이는 듯 무시하는 모양이지만!"

"안 보이긴 누가 안 보여. 달에서 너희를 모르는 사람이 어디 있다고."

"남의 집 앞에 그런 걸 갖다 버릴 거면 적어도 형식적으로라도 물어는 봐야 하는 거잖아!"

"아직 확정된 게 아닌가 보지. 사람들이 그렇게 생각이 없겠냐. 내부에서 논의도 더 해 보고 나중에 너희한테도 물어보고 결정하겠지."

"엊그제 법안이 승인되었다고! 경찰이 그것도 몰라!"

제프는 대답하지 않았다. 몰랐거나 관심도 없었거나다. 다이는 제프의 손을 뿌리치려 애쓰다가 발을 들어 제프의 발등을 콱 밟았다.

"그것 봐. 고작 3년 살고 가버릴 거니까 달이 쓰레기통이 되든 말든 관심도 없지!"

"야, 넌 대체 무슨 말을 그렇게…… 너 대체 신발에 뭘 달고 다니는 거야? 발등 부러지는 줄 알았잖아."

"지구인들이야 잠깐 있다 가는 곳이니까 달에다가 무슨 짓을 하든 하나도 신경 안 쓰이시겠지! 근데 난 아니거든! 난 여기 살거든! 싫든 좋든 여기서 죽을 때까지 살아야 하거든! 그래서 지구인들이 달에다 무슨 짓을 하려고 들 때마다 정말 짜증나! 짜증난다고!"

눈물은 뺨을 타고 느릿하게 뭉치며 흐르다가 부서지듯 떨어져 나갔다. 제프는 다이의 눈이 새빨개져서 눈물이 넘치는 것을 보고, 어쩔 줄 몰라 하다가 손을 놓았다. 대신 그는 다이가 달 모형에 걸쳐 놓은 새빨간 현수막을 잡아당겼다. 현수막은 너울거리며 조금씩 미끄러졌다. 제프가 투덜거렸다.

"지구였으면 확 잡아당기면 확 내려왔을 텐데. 달은 뭐든지 느리다니까."

"그럼 지구에나 가 버리든가."

"야, 나도 고향에 좀 가면 좋겠는데 여기 온 지 1년밖에 안 됐어. 앞으로 최소한 1년은 더 살아야 하는데 이웃집 고등학생은 걸핏하면 사고를 치고. 야, 너 설마 내 빽 믿고 이러는 건 아니지? 나 그 정도로 높은 사람 아닌데."

다이는 손등으로 눈물을 닦다 말고 제프의 발등을 다시 한 번 꽉 밟았다.

"그래, 네가 무슨 말을 하는지는 잘 알겠다. 그래도 달이 네 생각만큼 그렇게 작은 게 아니에요."

타우 지구 코스모폴리스의 책임자인 권 서장은 다이를 서장실에 불러다 앉혀 놓고 코코아에 쿠키 같은 것을 권했다. 마치 어린아이를 달래는 듯한 태도였다.

"달은 아주 넓고 폐기물 처리장은 퀘이사 신도시보다도 작을 거야. 달에 산다고 해도 평생 그 근처에 갈 일이 없을 수도 있어. 무슨 말인지 알겠니?"

"서장님께서는 달의 뒷면에 가 보신 적이 있으세요?"

"여기 달 기지부터 반대편의 에이트켄 분지까지 전부 코스모폴리스가 순찰을 돌고 있잖니. 자주 가느냐고 묻는다면 그건 아니지만 석 달에 한 번쯤은 가 봤단다."

"저는 여기서 태어났고 걸음마를 할 무렵에는 이미 할아버지를 따라 에이트켄 분지에 다녀왔어요."

다이의 말에 권 서장은 고개를 끄덕였다.

"안다. 너야말로 지금 월인 아이들 중에서 가장 나이도 많고, 또 네 조부님께서는 달 개척의 선구자 같은 분이니까. 내가 달의 뒷면에 몇 번 가봤다고 해도 너보다 더 잘 알지는 못할 수도 있지. 하지만 말이다, 달에 대해서라면 몰라도 이번 일에 대해서라면 좀 안다고도 할 수 있지. 세계우주기구의 회의에는 우리 코스모폴리스도 종종 참석하니까 말이다."

"지구인들끼리 모여서 달의 미래를 결정하는 그 회의 말씀이세요?"

"그래, 그렇지. 하지만 그건 지구인이 달을 정복했다거나 그런 의미가 아니야. 세계우주기구는 달이나 월인의 미래에 대해 계속 고민하고 있고, 달의 미래를 결정하는 데 언제까지나 월인을 배제할 생각도 없단다. 무슨 말인지 알겠니?"

권 서장이 이쪽을 아무것도 모르는 어린애 취급하며 사탕발림 같은 말을 하는 것이 아니라는 것은 안다. 다만 그들이 보기에 월인들은 아직 미성년자이고, 이런 일을 결정할 만큼 성숙하지 않다고, 좀 더 지구인 어른들의 보호가 필요하다고 생각하는 거겠지.

하지만 그런 것을 배려라고 느끼기에 지구인들은 마치 당연한 권리인 것처럼 달을 이용하고 있었다. 자원을 채굴하고, 공장을 세우고, 이제는 쓰레기까지.

다이는 눈을 내리깐 채 퉁명스럽게 대꾸했다.

"이런 중요한 결정에서 우리 의견은 묵살당할 때마다 저 같은 월인들의 존재 자체가 부정당하는 기분이 들어요."

"그럴 리가 있나. 너희가 태어났을 때 얼마나 떠들썩했는지 모르지?"

처음으로 달에서 아이가 태어났을 때, 모든 지구인들이 입을 모아 말했단다. 저 아이들이야말로 인류의 미래가 될 거라고. 권 서장은 질리도록 들은 이야기를 한 번 더 말했다. 모든 사람들이 월인 아이들의 탄생을 축복했다거나 하는 말을 들으면 다이의 반항적인 태도도 조금은 누그러질 거라고 믿는 것 같았다.

"저희를 존중한다면, 달의 환경에 영향을 미칠 만한 결정을 내릴 때에는 달에서 평생 살아야 하는 저희한테도 의견을 물어야 한다고 생각해요."

"그래, 원래는 그래야지. 아직은 너희가 전부 미성년자이다 보니 이런저런 어려움이 있을 거다. 그래도 시간이 지나면 이런 문제도 해결이 되겠지. 당장 너만 해도 올해 생일만 지나면 성인이고."

뭔가 더 말하려다 말고 다이는 못마땅한 얼굴로 바닥을 노려보았다. 정말이지, 대화를 하고 있는 것 같은데 이렇게까지 말이 통하지 않을 수가 있나 싶었다.

"디오티마 우코."

"예."

"지구에서는 너 같은 나이의 십대 청소년을 두고 질풍노도의 시기라고들 그런단다. 질풍노도라는 건 아주 빠르게 부는 바람과 무섭게 몰아치는 파도 같은 것을 두고 하는 말이지."

"외벽 파손으로 공기가 확 빠져나갈 때처럼 말이죠."

"그래, 이곳 방식대로 비유하자면 그렇겠구나. 질풍노도에 비유하기도 하고 혈기가 왕성하다고도 하고. 어쨌든 뭔가 시끄럽고 불만도 많으며 어른들이 하는 일은 다 이해가 안 가고 그럴 때가 있는 거지. 나도 그렇고 아마도 네 할아버지도 젊었을 때는 그러셨을 거다. 무슨 말인지 알겠냐."

"이것도 다 한때라고 말씀하시는 거잖아요."

"그렇지. 물론 너도 네 나름대로 고민이 많겠지만 말이다. 지금 네가 하는 고민들은 지금까지 인류 누구도 해본 적 없는 종류의 고민이잖니."

다이는 고개를 끄덕이다가 코코아를 조금 마셨다. 권 서장이 부드러운 목소리로 물었다.

"할아버지는 건강하시지?"

"예. 이번 주에 오실 거예요."

"연세도 있으셔서 너무 무리하시면 안 되는데 말이다. 그래도 펜서 뿐 아니라 다른 회사의 엔지니어들도 다들 너희 할아버지가 계셔서 든든하다고들 한단다. 그런 이야기 들어본 적 있니?"

"아뇨."

"나는 너희 할아버지를 잘 알진 못한다. 직접 뵌 것도 한 번

뿐이었지. 하지만 내 생각에는 너희 할아버지께서 아마도 네게 기대를 많이 하시는 것 같더구나."

다이가 눈만 들어 권 서장을 쳐다보았다. 서장은 다이에게는 익숙한 어떤 표정을 지어 보이며 말했다.

"디오티마라는 이름 말이다."

그러면 그렇지. 또 그 이야기다.

"처음으로 달의 뒷면에 유인 우주선으로 착륙하는 데 성공한 사람이잖아요."

"그렇지. 정말 대단한 사람인데 아깝게 죽었지. 그 궤도위성 추락 사고 말이다."

디오티마라는 이름으로 더 유명한 존 H. 서얼 선장은 달의 뒷면에 유인 우주선으로 착륙하는 데 성공했다. 그는 헥시틸린의 달 탐사위성인 알테미스로 지니어스 쌍둥이와 함께 달의 뒷면을 탐사하고, 달의 뒷면에서 우주왕복선을 이착륙시킬 수 있을 것으로 보이는 지점들의 지질 조사 데이터를 전송하고 지구로 귀환하던 중에 궤도위성 추락 사고로 목숨을 잃었다.

"그런 상황에서도 최후의 최후까지 영웅이었다지."

그는 궤도위성이 완전히 통제를 벗어나고 메인 컴퓨터까지 고장난 상황에서 2인용 유영 모듈 안에 이제 겨우 스물한 살이던 지니어스 쌍둥이를 밀어 넣었다. 그것이 가장 어린 사람을 먼저 보호해야 한다는 어른의 책임감 때문이었든, 지구

최고의 두뇌를 여기서 죽게 만들 수 없다는 실리적인 판단이었든 간에, 그는 절체절명의 순간에 수동 조작으로 유영 모듈을 정확히 대기권 재진입 궤도로 쏘아 넣었다.

"하여간 대단한 남자였지."

권 서장은 말을 하면서 자기 말에 자기가 감동한 듯 했다.

"그 사람 덕분에 루이스 지니어스와 스카 지니어스가 살아났지. 그 쌍둥이 지니어스가 헥시틸린에 버금가는 대기업인 레드래쿤을 주무르고, 얼마 전에는 CSC까지 인수하면서 우주 개척의 역사에 부지런히 발자국을 남기는 걸 봐. 디오티마 선장이라는 사람은 달의 뒷면에 착륙하면서 스스로 역사가 되기도 했지만, 미래 사람들은 또 그렇게 말할 거란 말이지. 디오티마 선장은 지니어스 쌍둥이를 살려내면서 인류의 역사를 바꾼 사람일지도 모른다고."

하지만 그는 모른다. 다이는 권 서장의 상기된 얼굴을 물끄러미 바라보며 생각했다.

"네 할아버지는 디오티마 선장을 직접 만나보셨다지?"

"달의 뒷면에서 일하셨으니까요."

"그래, 이에 지구에서는 디오티마라는 이름에 '진화하는 영혼'이라는 말이 으레 따라붙는다던데."

"……뭐, 그렇다고 하더라고요."

"그건 네 할아비지가 처음 하신 말씀이었단다. 그분은 저 디오티마 선장을 보고 진화하는 영혼을 가진 사람이라고 하셨다던데."

"……그랬던 것 같네요."

"진화하는 영혼이라니, 정말 시인이나 쓸 법한 멋있는 표현이 아니냐. 달의 뒷면에 착륙한 가장 용감한 지구인에게 딱 어울리는 말이라서 말이다. 너희 할아버지도 우주의 시인 같은 분인 것 같구나. 그런데다 디오티마도 대단한 사람이지만 네 할아버지도 그렇지. 훌륭한 엔지니어이자 동시에 달 개척의 역사에서 빼놓을 수 없는 분이지. 암, 그런 훌륭한 할아버지가 첫 손녀인 네게 그런 대단한 영웅의 별명을 따서 이름을 붙이신 게 아니냐."

"……예."

"어른들께서 그렇게 기대하시는데 너도 훌륭한 사람이 되어야지. 어른들 말씀도 좀 듣고, 음?"

잘은 모르겠지만 진화하는 영혼이란 얌전히 앉아서 고분고분히 어른들 말씀을 잘 듣는 사람과는 한참 거리가 멀 것이다. 발목을 움켜쥐는 중력 같은 온갖 현실적인 굴레를 넘어서 그 다음 단계로 넘어가는 사람을 두고 하는 말이겠지. 권 서장이 생각하는 어른 말 잘 듣는 착하고 모범적인 사람. 훌륭하고 사회성 좋은 어른이 아니라.

"나는 말이다, 디오티마. 이름이야말로 부모나 어른이 자기 아이에게 거는 기대가 담긴 마법 같은 말이라고 생각한단다."

무엇보다도 다이의 할아버지, 아서 우코는 '진화하는 영혼'이라는 말을 그런 뜻으로 쓰지 않았다. 다이가 알기로는 그랬다. 예전에 디오티마 선장에 대해 물어봤을 때도 할아버지는 그렇게 말씀하셨다.

그런 것은 처음 보았다고.
하지만 이상할 정도로 분명히, 진화하고 있다고 느꼈다고.
거침없이 앞으로 나아가는 데 주저가 없는 사람이었다고.
그런 사람, 그런 여성은 처음이었다고.

"그러니까 너도 네 할아버지의 기대에 부응해야지. 그 남자처럼 훌륭한 사람이 되어서 말이다. 알았지?"

길고 지루한 권 서장의 이야기를 들으면서 생각했다. 할아버지는 분명 그에게서 남다른 무언가를 느꼈지만, 그런 말과 생각들을 누군가가 이해해 주기를 기대하지 않는다고. '디오티마'라 불렸던 그 사람에 대한 할아버지의 말 한마디 한마디에는 달의 뒷면에 홀로 서서 광막한 우주를 올려다보는 것 같은 고독이 느껴졌다.

다이는 틀린 부분을 정정하는 대신 친절하고 선량한 어른인 권 서장이 기대하는 대답을 돌려주기로 했다.

"노력해 볼게요."

성의라고는 한 톨도 담기지 않았지만, 어떤 사람들은 그것만으로도 적당히 만족하고 넘어가는, 뻔하고 얄팍한 웃음이 다이의 입가에 잠시 떠올랐다 사라졌다.

✦✦

　공손히 인사를 하고 엘리베이터를 탔다. 조금 전까지는 그래도 보는 눈이 있다고 열심히 웃는 표정을 짓고 있었는데 혼자가 되자마자 얼굴 표정에 본심이 사정없이 드러난다. 한 시간 반이었다. 경찰서장은 바쁘다더니 무슨 할 말이 그렇게 많은지. 사람을 붙잡아 놓고서 한 시간 반이 넘게 듣는 사람 입장에서는 영양가도 없는 덕담 같은 소리를 듣다 나왔다.

　"힘들어 죽겠네."

　엘리베이터는 1층 로비까지 한 번에 내려왔다. 엘리베이터에서 내려서 출입증을 반납하려는데 정문 쪽에서 웬 똥강아지 같은 생물체가 초음파에 가까운 높은 소리를 지르며 쪼르르 달려왔다.

　"누나!"

　다이의 얼굴이 홱 달아올랐다. 이곳 달에서는 볼 수 없는 작은 아이가 소리를 지르며 뛰어오자 사람들이 눈살을 찌푸린다. 마치 이런 곳에 왜 저런 아이가 돌아다니냐는 듯이.

　달에는 어린아이가 없다. 열여덟 살 미만의 아동, 청소년은 달 거주가 금지되어 있고, 열두 살에서 열여덟 살까지의 청소년도 관광 목적의 단기 방문만이 제한적으로 허용된다. 일곱 살 밖에 안 된 아이란 이곳 달에서는 공룡만큼이나 존재하기 불가능한 존재다.

　단 한 명인 예외를 제외하면.

"······라테."

 2076년, 달 거주법이 공포되며 성인의 달 근무기간은 연장 없이 최장 3년까지로 정해졌다. 지구에서 태어난 아이의 달 출입도 일절 금지되었다. 달에서의 출산 역시 마찬가지였다. 2075년, 가족을 따라 지구로 향하던 월인 아이들이 고중력 쇼크로 사망하는 사건이 일어난 이후, 달에서의 출산은 비윤리적인 일로 여겨졌다. 달 거주법 공포 시점에 임신 중이던 다이의 어머니만이 예외적으로 출산을 허가받았다. 임신 기간을 달에서 보낸 아이가 지구에서 태어났을 때 무사하다는 보장도 없는 상황에서, 수년 동안 달에서 거주하던 산모가 임신 말기에 지구로 돌아갔을 때 무슨 일이 벌어질지 알 수 없다는 이유였다. 그게 끝이었다. 처음 달에서 아이들이 태어났을 때는 인류의 밝은 미래를 기대했던 이들이 마지막 월인 아이, 라테라사의 출생에 대해 이기적이고 어리석은 선택이라고 험담을 해댔다.

"함부로 밖에 돌아다니지 말라고 했잖아."

"아, 내가 데려왔어."

 제프가 대신 대답했다. 다이는 강아지처럼 폴짝거리며 자신에게 매달리는 라테를 애써 밀어내며 제프를 향해 눈살을 찌푸렸다. 제프가 어깨를 으쓱거렸다.

"야, 말도 마. 너 잡아다가 서장님한테 데려가는 것 보다 쟤 데리고 오는 게 더 힘들었어."

"라테는 성질이 순해서 발버둥을 치거나 여기저기 도망치진 않았을 텐데. 근데 대체 왜 데려온 거야?"

"밥이나 먹자고 데려왔지. 아니, 요 꼬맹이가 무슨 말이 그렇게 많아. 오는 내내 이건 뭐예요, 저건 뭐예요, 경찰차 멋있어요, 코스모폴리스가 되려면 뭘 잘해야 해요, 뭐 그런 거 잔뜩 물어보고."

"그래서."

"응? 뭐가 그래서야."

"코스모폴리스가 되려면 뭘 잘해야 한다고 했냐고."

다이가 제프를 노려보았다. 다른 건 몰라도 이 어린애에게 벌써부터 너는 월인이라고, 월인이기 때문에 그 무엇도 될 수 없다고 말하는 것만은 용서할 수 없었다.

달 거주법이 공포된 후 지구에서 온 친구들이 모두 떠나가고 갓난아기였던 라테를 포함해 고작 다섯 명만이 남은 학교에서, 다이는 지긋지긋할 정도로 같은 말들을 들어 왔다. 너희는 월인이라 몸이 약하다고, 너희는 월인이라 지구에 갈 수 없다고. 평생 이곳, 달을 떠날 수 없다고. 무엇이 되려고 굳이 애쓰지 않아도 된다고. 그 다정한 걱정같은 말 뒤에 숨겨진 의미를 이해하지 못할 정도로 어리숙하지는 않았다. 너는 월인이니까 아무것도 할 필요 없다, 그 무엇도 될 수 없다는 그 잔혹한 단정을.

"……밥 잘 먹고 누나랑 할아버지 말씀 잘 들어야 한다고 했는데, 왜."

"다행이네."

"뭐가."

"그런 게 있어."

다이는 라테의 가늘고 고운 머리카락을 두어 번 쓰다듬었다. 자신은 살아남은 월인들 중 가장 나이가 많았고, 열한 살 차이나는 동생인 라테라사는 월인들 중 가장 어렸다. 그래서 가끔은 누구라도 붙잡고 묻고 싶었다. 나는 그렇다 쳐도 대체 그런 문제들을 뻔히 알면서도 라테는 왜 낳은 거냐고.

법이 공포되기 전에도 월인이 지구에 갈 때의 위험성에 대해서는 이미 알고 있었을 터다. 제정신인 인간이라면 월인의 숫자를 더 늘리고 싶었을 리 없다. 그런데도 굳이 이 아이를 임신했다. 가족은 죽어가고 친구도 없이, 혼자 남겨질 것을 뻔히 알면서도.

"어른들은 다 제멋대로야."

"이야, 청소년 소설에 나올 것 같은 그림 같은 대사다."

"뭐라는 거야."

"아니, 딱 반항하는 청소년 그 자체잖아. 좋네, 청춘이네."

"됐어요, 경찰 아저씨. 나 여기까지 온 김에 면허증 좀 받아 가려고 하는데, 라테 잠깐만 더 데리고 있어 줄 수 있어?"

"아, 물론이지."

제프가 사람 좋게 웃었다.

"서장님이 아까 나한테 따로 말씀하셨어. 라테 데려와서 너희들 저녁 사 먹이고 집까지 안전하게 데려다 주라고."

그래서 라테라사까지 데려온 거였나. 다이는 한숨을 쉬며 고개를 돌렸다.

"……그렇게 된 거냐고."

"넌 잘 모르겠지만 사람들이 너희를 걱정하는 건 진짜야. 그리고 우리 서장이 얼마나 애들을 좋아하는데."

뭐, 조금은 그럴 지도 모른다. 적어도 권 서장이 월인 아이들에게 친절한 것은 사실이고.

"……주말에 라테라사랑 놀러 나가는 것도 혹시 초과근무 수당 받는 거야?"

"사춘기 청소년이 못된 소리만 골라 하는 건 자연의 섭리라지만, 넌 정말 말 하나는 심하게 못되게 하는 거 알아?"

"받냐고."

"야, 우리도 애들 좋아해. 라테라사는 지구에 두고 온 막냇동생이나 조카 같다고 다들 귀여워하거든?"

하고 많은 건물 중에 월인 아이들이 모여 살던 그 동네에 코스모폴리스 관사를 둔 것도 그렇고. 그 관사에 하필이면 지구에서 여러 형제들과 떠들썩하게 어울려 산 경찰들을 배정한 것도 그렇고. 권 서장은 지루한 사람이었지만 아이들에게는 친절했다. 그가 월인 아이들의 성장에 굳이 마음을 쓰고 있는 것만은 분명했다.

"근데 뭐? 면허? 네가? 이야, 호적에 토너도 안 말랐을 애기가 운전면허라고?"

"드라마 보니까 지구에서도 열여섯 살이면 운전면허를 따던데. 오히려 늦은 거 아니야?"

"그건 그렇지. 그런데 어디서 딴 거야? 달에서 면허를 딸 수 있었어? 나도 금시초문인데?"

"열여섯 살 때부터 교통국에 계속 건의했어. 지난 달에야 조례가 통과되어서 면허를 따게 된 거지. 여기 애들도 크면 차 정도는 몰 줄 알아야 하잖아."

"앗, 한자리 수 면허번호! 굉장해! 나 이런 거 처음 봐!"

제프는 다이의 면허증을 들여다보며 호들갑을 떨다가, 잘했다고 격려하듯 다이의 어깨를 툭툭 쳤다.

"맞아, 잘했어. 지구에서 온 사람 중에서도 운전면허를 갱신하거나 다시 따야 하는 사람은 있을 테니까. 그게 되면 다들 편하긴 할 거야."

"난 딱히 지구인들 좋으라고 한 일이 아냐."

"무슨 이유면 어때. 원래 복지라는 건 그게 없으면 안 되는 사람을 위해 만들어지지만 그 혜택은 많은 사람이 다 같이 누리는 거라고."

"뭔가 얌체 같아."

"원래 복지라는 게 그런 거야. 얼른 다녀오기나 해."

3

 아주 먼 곳에서 바라보면 달과 지구는 꽤 비슷해 보일 지도 모른다. 달은 지구의 유일한 자연위성이자 지구에서 가장 가까운 천체이고, 지구와 마찬가지로 암석으로 이루어져 있으니까.

 하지만 달과 지구는 다르다. 달의 둘레는 지구의 1/4을 조금 넘을 뿐이고 중력은 지구의 중력, 즉 표준중력의 1/6밖에 되지 않는다. 중력이 약하다 보니 대기도 없다. 아주 희박한 기체층은 존재하지만 생물이 숨을 쉬기에는 턱없이 부족하다. 대기는 순환하지 않고 바람도 불지 않는다. 낮에는 덥고 밤에는 추울 뿐, 기후라는 것도 존재하지 않는다. 물도 바람도 생물도 없고, 꽂아놓은 깃발이 나부끼는 일조차 없다. 이곳은 아무것도 살 수 없는 불모의 땅. 가장 척박한 곳에서 자라는 식물조차도 뿌리를 내리지 못한다.

1952년, 러시아의 루나 2호가 고요의 바다에 충돌한 후로 달은 수많은 인간의 흔적으로 뒤덮이기 시작했다. 처음에는 달에 착륙한 우주선의 흔적이나 지구인들의 발자국, 달에 도착한 이들이 달 표면에 새겨놓은 이름들 정도였다. 이들 이름은 비가 내리지 않고 바람도 불지 않는 이곳에서 다른 인간의 흔적이 덧씌워질 때까지 짧게는 수십 년, 길게는 백년 이상의 시간동안 남아, 특수 유리가 씌워지고 기념비가 놓이며 영원한 기념물이 되었다.

　그런 기념물은 시작에 불과했다. 달에 도착한 지구인들은 처음에는 월면에 착륙하는 것으로 만족했지만, 그 다음에는 거주 모듈을 실어왔다. 지구인들은 거주 모듈을 고정할 앵커를 박는 것부터 시작해서, 어떤 척박한 땅에서도 살아남는 식물조차도 감히 뿌리를 내리지 못할 땅을 뚫고 들어가 지반까지 뿌리를 내리듯 철근과 탄소나노튜브를 설치하고 그 위에 둥그런 돔으로 이루어진 달 기지와 도시를 지었다. 달 최초의 도시인 이에와 중심가인 타우, 그리고 신도시인 퀘이사까지.

　달의 뒷면도 마찬가지였다. 지구인들은 희토류 원소와 방사성 원소가 포함된 광물들과 월면 모래를 채굴하기 위해 달의 남극 주변, 거대한 에이트켄 분지 안에 수많은 광산과 공장을 만들었다. 그들은 루나로드 주변으로 달의 여기저기에 시추공을 파고 로봇들을 내려 보내 지하로부터 광석을 캐냈고, 이를 정련하는 공장들과 월면 모래로 각종 자재를 생산하는 공장들을 지었다. 지구의 성층권에서 만리장성이 보인다는 사실에 감명을 받기라도 했는지, 지구인들은 달 기지와 에이트켄 분지의 공업단지를 우주정거장에서도 보인다는 거대한 규모의 오렌지색 고속도로, 루나로드로 연결했다.

하지만 거기까지였다. 인류는 달의 대지를 뚫고 금속과 튜브, 엘리베이터와 지하 공간으로 이루어진 뿌리를 깊이 내렸지만, 그 안에 사는 사람들은 뿌리를 내리지 못했다. 달에는 수많은 사람이 머물렀지만, 그들 대부분은 이방인이었다. 연구원과 엔지니어, 호텔과 관광회사 직원, 그리고 관광객들.

그들 중 누구도 달에서 영원히 살고 싶다는 생각 따위는 하지 않는다. 달에서 평생을 살아가야 하는 사람들이란, 달 개발 초기에 아무것도 없던 이곳으로 이주해 온 달에 매혹된 일부 괴짜들과 지구로 돌아가는 즉시 병이 악화되어 죽고 말 우주암 환자들, 그리고 달에서 태어나 결코 지구로 갈 수 없는 월인月人과 그 보호자들뿐이다.

"안녕, 다이. 뉴스에 너 나오는 것 봤어."
"……하지 마세요."
"뭘 그렇게 쑥스러워 해. 화면 잘 받더라. 우리 수업 어디까지 했었지?"

달은 어느 국가에도 속하지 않는다. 달에서 인간이 가질 수 있는 권리는 유엔 인권이사회에서 정한 보편적인 인권에 해당하는 것으로, 교육을 받을 권리 역시 여기 포함된다. 다섯 명 밖에 안 되는 월인이 교사를 배정받고 고등학교 과정까지 교육받을 수 있는 것도 이 덕분이었다.

"오늘은 세계자연보전연맹IUCN(International Union for Conservation of Nature)이 작성한 적색목록Red List에 대해 좀 살펴볼까."

작년과 올해 다이를 맡은 담임 교사는 우주공학으로 유명한 닷사대학에서 박사과정을 갓 마친 젊은 연구원 호쿨라니 카말라니였다. 호쿨라니는 다이의 고등학교 졸업시험 준비를 돕고 생활지도를 맡은 담임 교사이자 생물학과 수학을 담당하고 있었다. 한 사람이 모든 과목을 맡아 가르칠 수는 없으므로 다른 과목은 몇 사람이 분담해서 맡고 있었다.

달에는 개척 초기부터 연구 목적으로 온 젊은 연구원이나 교수를 따라 온 대학원생들이 있었다. 우주에서는 늘 인력이 부족하다보니, 우주에서 일할 것을 전제로 공부한 사람들은 혼자서 몇 사람 몫을 감당한다는 생각을 늘 하고 있었다. 닷사대학 출신들이 특히 그랬다. 이들 중에는 심리학이나 교직 과목을 이수하고, 재학 중에 상담 자격증을 딴 사람들도 적지 않았다. 세계우주기구와 닷사대학은 능률도 낮고 호되게 비싼 통신요금까지 드는 통신강의 대신, 이 고급 인력을 월인 아이들의 교육에 활용했다.

결과적으로 다이는 명문대 출신의 우수하고 젊은 선생님들을 2, 3년 간격으로 바꿔가며 1대 1로 수업을 들을 수 있었다. 누군가는 부러워할 만한 환경이었다.

"적색목록은 국제자연보전연맹이 발표하는 세계에서 가장 포괄적인 동·식물종의 보전 상태에 관한 보고서인데, 멸종위기 상태에 따라 각 종을 아홉 개 그룹으로 분류해 놓았어."

하지만 그런 것이 정말로 부러워할 상황일까.

달 개척 초기, 달에서 근무하던 젊은 부부가 임신을 하고 아이를 출산했을 때, 사람들은 당연하게도 달에 각종 보육기관과 교육기관을 설립하려 했다. 원격교육도 발달해 있었지만, 아직 달과 지구 사이의 통신이 원활하지 않아 어린아이들의 교육에는 맞지 않는다는 게 보편적인 의견이었다.

무엇보다도 사람들은 달에서 태어난 아기들이야말로 우주로 나아가는 인간의 미래를 상징한다고 생각했다. 20년 전, 달 기지에서 처음으로 아이가 태어났을 때 사람들은 지구의 중력을 넘어 우주에서 이어질 인간의 역사와 미래를 꿈꾸며 아이의 앞날을 축복했다. 달에서 태어난 아이들은 비슷한 시기에 태어난 어떤 유명 가수나 배우의 아이들, 혹은 왕정국가에서 왕족의 아이가 태어났을 때보다도 더 많은 관심을 받으며 인류의 희망이라는 말을 들었다. 이 아이들에게 지구처럼 모든 것이 풍족하고 생명력이 넘치는 환경을 제공해주진 못해도, 모두의 미래를 위해 이 아이들에게 훌륭한 보살핌과 교육을 받게 해주어야 한다고, 수많은 사람들이 입을 모아 말했다. 그 무렵 실제로 달에는 초등학교가 만들어졌고 달에서 태어난 아이들과 부모를 따라 달에 와서 머무르던 지구인 아이들이 그 학교에 다녔다.

그때까지만 해도 다이에게는 친구가 있었다. 학교에 가면 한두 살 위의 언니 오빠들이 있었다. 나이가 같은 아이는 몇 명 없었지만, 그 몇 명이서 몰려다니며 세상에서 가장 친하고 가까운 단짝이 되었다. 달 출신도, 지구 출신도 다르지 않았다. 어렸던 그때에는.

하지만 그들은 모두 떠났다.

다이의 손이 닿지 않는 세계로.

"……그러면 월인도 멸종위기종이겠네요."

다이는 호쿨라니가 준비해 온 자료를 들여다보다 손가락으로 표를 짚었다. 적색목록의 분류 기준에 따르면 살아있는 개체가 하나도 남아 있지 않은 종은 절멸EX(Extinct), 그 다음은 야생절멸EW(Extinct in the Wild)로 분류된다. 인공적인 보호시설에서만 생존해 있을 뿐, 야생 상태에서는 살아갈 수 없는 종.

"글쎄다…… 그건 아니지 않을까? 월인은 인간이잖니."

호쿨라니는 대답하다 말고 머뭇거렸다. 아마도 배우는 사람이 평범한 학생이고 교사도 학교에 소속된 정식 교사였다면, 그런 말을 해서는 안 된다고 꾸짖어야 마땅한 일이었다. 월인을 다른 종 취급 하는 것은 차별이라고. 피부색이 다른 사람이나 유전적인 어떤 소인을 타고 난 사람들, 자신과 국적이 다르거나 사용하는 언어나 종교, 성별이 다른 사람을 차별해선 안 되듯이 월인과 지구인은 태어난 곳이 다를 뿐 똑같은 인간이라고.

하지만 교사가 아닌 과학자로서의 호쿨라니는 안다. 유전자가 아닌 환경의 영향이지만, 월인과 지구인 사이에는 분명한 차이가 있다. 지구인은 달에 올 수 있지만 월인은 지구에 가면 목숨을 잃을 수 있는 만큼의 차이가.

"뭘 그렇게 고민하세요. 월인은 지구인하고는 다르잖아요."

"디오티마 우코."

"솔직히 저도 월인이고 그런 쪽으로는 기대하지 않아요. 지구에 가보고 싶다거나, 나만은 괜찮을지 모른다거나."

호쿨라니는 자신이 태어났던 하와이의 바닷가를 생각했다. 어린 시절 호쿨라니는 바닷물에 발목을 적시며 뛰어다녔고, 숨을 쉬듯이 자연스럽게 바닷물에 뛰어들어 헤엄을 쳤다. 열네 살 무렵에는 가족을 떠나 아메리카 대륙을 가로질러 커다란 도시에 있는 기숙사에서 살았다. 닷사대학에서 전 세계에서 모인 수재들과 경쟁하며 공부할 때에도 할 수 있는 한 많은 곳에 가 보았다. 자일에 의지해 높은 산에 올랐고, 장차 달에 가려면 이 정도는 준비운동도 안 된다고 서로 격려하면서 사막을 걸어서 통과하거나 황야에서 캠핑을 하기도 했다. 그리고 지금은 우주로 나와 달에 와 있다. 유색인종이고 여자이며 집안은 가난하고 보수적이어서 우주가 아니라 당장 공부를 계속하는 데만도 수많은 현실적인 제약이 뒤따랐지만, 지구 출신이며 두뇌가 남달리 뛰어나고 체력도 강해 우주로 나갈 수 있는 자격을 다 갖춘 호쿨라니는 이론적으로 자기 능력이 닿는 한 어디라도 가고자 하면 갈 수 있었다.

하지만 다이는 달랐다. 올해 열여덟 살인 이 아이는 달 기지의 이에 지구에서 태어나 열여덟 살이 된 지금까지 이곳에서 살았다. 월인이라는 이유로 지구는 물론, 지구를 기준으로 만들어진 표준중력에 노출되는 것이 일절 금지된 채로.

"월인은 인간이 인위적으로 지어 놓은 달 기지 안에서만 살 수 있고, 달 기지 밖에서는 숨을 못 쉬어 죽고, 지구에 가면 중력 쇼크로 죽을 거예요. '자연 상태'에서는 살 수 없고, 이 이상 숫자가 늘어날 일도 없어요. 전 우주에 다섯 명 남았는데 앞으로는 줄어들 일만 남았죠. 이만하면 멸종위기종 중에서도 야생절멸 단계는 되어야 할 것 같은데요."

다이는 월인에게는 미래가 없다는 말을 있는 힘껏 빈정거리며 말했다.

"네가 왜 그러는지는 알아, 다이."

호쿨라니는 한숨을 쉬며 책상 위로 몸을 숙였다.

"내가 어렸을 때 살던 곳도 원주민은 점점 숫자가 줄어들고 잠깐 왔다가 사라지는 관광객들뿐이었어. 어쨌든 달에서 사람이 태어난 지 아직 20년밖에 안 되었으니까, 앞으로 뭔가 대책이 생길 수도 있어."

"부모님이 두 분 다 우주암으로 돌아가셨는데요."

"응?"

"저희 부모님요. 몇 년 전에 돌아가셨으니까 그런 표정 안 하셔도 돼요. 사실 두 분은 제가 아니었으면 진작 지구로 돌아가셨을 테고, 그러면 우주암 같은 것은 걸리지 않으셨겠죠. 그렇게 생각하면 또 할 말이 없긴 한데…… 엄마는 마지막에 지구로 돌아가고 싶어 했어요. 하지만 지구로 돌아가면 증상이 악화되어 순식간에 죽고 만다고 출발 허가가 나지 않았죠."

"다이…….'"

"근데 엄마가 돌아가시기 전에 저한테 그러는 거예요. 월인들만 평생 달을 떠날 수 없는 게 아니라고. 평범한 인간도 달 기지 밖에서는 숨을 못 쉬고, 우주암에 걸리면 월인이 아니어도 지구에 가면 죽는다고. 엄마가 무슨 뜻으로 그런 말씀을 하셨는지는 알지만, 가끔 그 생각을 하면 돌아버릴 것 같은 기분이 들어요. 월인이 무슨 병이에요? 우주암에 비교하게."

"잠깐만, 다이."

"우주암 환자에 대한 차별 발언이라는 거, 저도 알아요. 근데 어떡해요? 저는 월인이고 엄마는 우주암으로 돌아가셨는데."

다이가 어깨를 으쓱거렸다. 호쿨라니는 한숨을 쉬었다. 엄마가 아직 살아 계시면 그런 뜻으로 하신 말씀이 아닐 테니

오해를 풀고 대화를 하라고 하거나, 부모에게 문제가 있으면 상담을 권하거나 부모와 분리를 하거나, 다른 방법들도 얼마든지 있을 것이다. 하지만 돌아가신 부모님이 거의 마지막에 남긴 말이 가슴에 박혀 있다면, 정말 대책이 없다. 혹시 몰라서 교직 과정을 이수했지만, 호쿨라니는 이제 겨우 스물여덟 살이었고 다이 이전에 누군가의 담임 교사를 맡아 본 적도 없었다. 게다가 월인 아이를 가르쳐 본 적도 없었다. 속수무책이었지만 호쿨라니는 최선을 다했다.

"그래, 넌 당사자고 네가 월인이라 힘든 것도 짐작할 수 있어. 그리고…… 너하고는 다르지만 부모가 자식 가슴에 대못을 박는 게 어떤 건지도 알고."

"선생님도요?"

"그래, 뭐 이를테면…… 대도시의 부유한 가정에서 태어난 백인 남자애가 우주로 가겠다고 말하는 것 하고, 아직 가족 중에 대학을 졸업한 사람이 없는 가난한 유색인종 집안의 여자애가 우주로 가겠다고 말하는 건 좀 다르니까."

"그건 선생님 이야기예요?"

"뭐, 나만 그런 말을 들은 것은 아니겠지. 흔한 이야기야. 엄마가 왜 그런 말을 했는지도 알아. 가진 것에 비해 꿈이 너무 크면 고생도 많이 하고, 노력한 것에 비해 이룬 게 너무 작아서 실망하고 좌절하고, 그런 모습을 너무 많이 봐서 그런 거겠지. 하지만 어떤 말은 되게 오래 남아서 사람을 괴롭히는 것도 알아. 너보다 사정이 나은 것은…… 그래도 우리 엄마는 아직 살아 계시고, 내가 박사과정을 마쳤을 때는 정말 자랑스러워 하셨으니까. 내가 다 안다고 말할 수는 없지만 말이야."

"선생님이 제 마음을 다 알든 모르든, 그건 중요한 게 아니라고 생각해요."

다이는 복잡한 마음을 숨기려는 듯 고개를 숙이며 중얼거렸다. 입술을 잘근잘근 깨무는지 턱이 가늘게 떨리고 있었다. 한참만에야 그는 감정을 추스르며 고개를 들고 물었다.

"……그냥 제가 궁금한 건, 어째서 월인은 공식적으로 멸종위기종이자 인간의 아종亞種으로 인정받지 못하느냐는 거예요."

아종, 호쿨라니가 입 속으로 그 말을 곱씹으며 다이를 바라보았다. 생물학에서 어떤 종을 이야기할 때, 아종은 종을 한 번 더 세분화한 단위였다. 별도의 종으로 독립해야 할 만큼 다른 것도 아니고, 서로 다른 아종끼리 교배도 가능할 만큼 가깝고 닮았지만 결정적인 차이점이 있는 것들. 그것이 아종이었다.

"아프리카코끼리와 인도코끼리에 대해 배운 적이 있어요. 멀리서 보면 둘 다 코끼리지만 발톱 개수도, 귀의 크기도, 코 끝의 돌기도 다르게 생겼다고. 형질이 공통되어 있고 교배도 가능하지만 서식지가 멀리 떨어져 있어서 자연적으로 교배할 가능성은 극히 희박하고."

"그렇지……."

"월인과 지구인도 그렇지 않나요? 같은 인간이라지만 달과 지구의 거리가 멀다 보니 교배는 고사하고 만나기도 힘든 상황이고. 게다가 월인은 지구인과는 결정적인 차이가 있으니까요."

"……중력 말이지."

"예, 적어도 아프리카코끼리를 인도에 데려다 놓았다고 죽진 않으니까요."

다이는 자조하듯 내뱉었다. 죽는다는 말은 과장이 아닌 사실이다.

지구에서 태어난 사람들, 표준중력에서 태어난 사람들은 훈련을 받으면 저중력인 곳을 오갈 수 있다. 물론 훈련받은 사람이라 해도 달 중력의 1/4 미만부터 미소중력✛까지를 포함하는 저중력 S구간에서 오랜 시간 생활하기란 쉽지 않다. 하지만 지구 중력의 1/6인 달 중력, 저중력 M구간에서는 파일럿이나 군인만이 아니라 훈련받은 연구원들도 생활하고 있다. 저중력에서 생활하면 몸에 부담이 가고 뼈와 근육이 약해지기 때문에, 계속 근육을 직접 자극하는 식으로 훈련하고, 근육 손실이 일어나지 않도록 영양을 철저히 계산한 식단을 섭취하며, 최장 3년까지 근무한 뒤에는 지구로 복귀한다. 돌아가기 전 다시 표준중력 적응 훈련을 한다. 그러면 지구로

✛ **미소중력**microgravity 무중력에 가까울 만큼 적은 중력가속도에 노출된 상태. 측정하는 단위인 μg는 지구 중력의 백만 분의 1을 나타낸다. 실제로 정교한 실험이나 의약품 제조에 미소중력 환경을 만들어 사용하며, 〈달의 뒷면을 걷다〉의 세계에서는 특수 건축자재 등을 제작하는 데도 미소중력을 활용한다.

귀환한 후에도 큰 무리 없이 생활할 수 있다고들 한다.

하지만 월인은 태어날 때부터 달의 중력에 노출되어 있던 사람들은 다르다.

2075년, 달 개척 초기부터 달에서 일하다 지구로 복귀하게 된 이들과 함께 네 명의 아이들이 달을 떠나 지구로 향했다. 이 중 세 아이는 달에서 태어나 성장한 아이들, 최초의 월인들이었다. 하지만 곧 비극적인 사고가 발생했다.

대기권에 돌입할 때까지만 해도 모두 무사했다. 하지만 표준중력에 노출되자마자 달 출신의 세 아이는 쇼크를 일으켰다. 중력 쇼크에 의한 심실세동, 고중력 상태에서의 심장 쇠약과 호흡 곤란, 혈액순환 부전으로 인한 뇌 손상. 증상은 제각각이었으나 이유는 하나, 고중력 쇼크였다. 지구에서 태어난 사람에게는 표준중력이라 불리는 이 환경이, 달에서 태어난 사람에게는 생명을 위협할 정도의 환경이었던 것이다.

결국 달에서 태어난 세 아이는 지구에 도착하고 48시간을 넘기지 못하고 목숨을 잃었다. 살아남은 아이는 지구에서 태어나 달에 갔다가 2년 만에 돌아온 소년뿐이었다.

"저중력 환경에서 태어난 사람은 물론이고 실험용 동물 역시 표준중력에 노출되면 심장 쇠약, 호흡 곤란, 혈액순환 부전으로 뇌 손상을 입는 게 밝혀졌지요. 그래서 달에서 태어난 아이들이 '월인'이 된 거죠. 지구의 대기권에 돌입할 수도 없고 죽을 때까지 달을 떠날 수 없고. 같은 인간이지만 지구인과는 다르고."

세계우주기구는 이 사실을 심각하게 받아들이고 동물 실험을 반복해서 시행했다. 쥐와 모르모트, 뉴트리아, 그리고 돼지 같은 실험용 동물들이 우주에서 태어나고 다시 지구로 보내졌다.

결과는 참담했다. 신생아만한 뉴트리아도, 크기별로 키운 실험용 돼지들도, 모두 중력 쇼크에서 살아남지 못했다. 익숙한 중력의 두 배에서 세 배까지는 괜찮았다. 서서히 가압하고 짧게 머무르면 그 이상에서도 잠시는 견딜 수 있었다. 하지만 갑자기 그 이상의 중력에 노출되고 그 상태가 유지된다면 대부분의 생물은 버티지 못한다. 작은 쥐나 모르모트, 물 속에 사는 금붕어나 해파리는 그나마 살아남았지만, 작은 동물들은 뼈가 약해져 제대로 자라지 못했고 금붕어는 부레의 기능을 상실해 제대로 헤엄치지 못했으며 해파리는 중력을 감지하는 능력이 소실되어 방향감각을 잃고 우왕좌왕했다. 인간도 마찬가지였다. 달에서 태어난 아이들이 지구로 돌아간다는 것은, 자기가 살아온 환경의 여섯 배에 달하는 중력에 노출되어 살아가야 한다는 뜻이었다. 게다가 공기 자체는 거의 무게가 느껴지지 않을 만큼 가볍지만, 지구의 중력은 지구 전역을 둘러싼 두꺼운 대기층에도 영향을 미친다. 이들 대기층이 지구 중력에 잡아당겨지는 힘에 의한 대기압도 무시할 수 없다. 설령 도착하자마자 죽지는 않는다 해도 평생을 저중력 속에서 살아온 몸으로는 지구의 중력과 대기압 속에서 제대로 목을 가누고 숨을 쉬는 것조차 쉽지 않을 터였다.

"그래, 잘 알고 있구나."

호쿨라니가 손바닥으로 얼굴을 툭툭 치며 중얼거렸다.

"하지만 아종은 종種을 다시 지역별로 세분한 것만은 아니야. 일부 다른 부분이 좀 있고, 고립된 상태로 몇 세대가 더 지난 뒤에 자기들끼리 교배하면서 그 다른 점이 더 강조되다 보면 별개의 아종으로 분화할 가능성도 있는 거지. 만약 월인들이 계속 태어나서 월인의 숫자가 더 늘어나고 몇 세대가 지난 뒤에 서식지 뿐 아니라 유전적으로 그 차이가 구분된다면, 월인은 인간종의 아종이 될 수 있어. 하지만……."

"무슨 말씀인지 알아요."

다이는 절망적인 얼굴로 호쿨라니를 올려다보았다.

2075년의 비극적인 사고 이후로 2076년 세계우주기구는 인간의 생명을 보호하며 안전하게 달 개척을 하기 위한 달 거주법을 통과시켰다.

달에서의 임신과 출산은 전면 금지되었다. 지구 출신들은 달에서 최대 3년까지 근무할 수 있으며, 달에서 근무할 때에도 18세 미만의 자녀를 동반할 수 없다. 18세 미만의 지구인은 관광 목적의 1개월 이내의 단기 체류만이 허가된다. 지구 출신이 달에 영구 거주 허가를 받을 수 있는 방법은 단 하나, 가족으로서 월인을 보호할 때뿐이지만 달에서 낳은 제 아이를 돌보기 위해 십수 년 이상 달에 남아 있던 지구인들은 대부분 우주암으로 목숨을 잃었다.

물론 지구인들이 달을 포기한 것은 아니었다. 달 기지는 점점 확장되어 최초의 도시인 이에 지구에 이어 타우 지구와 퀘이사 지구가 만들어졌다. 지구의 부유층들은 보름지구 기간에 맞추어 달에서 둥글고 커다란 지구를 올려다보며 결혼식을 올리고 싶어 했다. 달에서 근무하는 사람들 중에는 젊고 건강한 이들이 많았기에, 이곳에서 연애를 하고 같이 살거나 결혼을 하는 커플들도 많았다. 하지만 이 젊고 활기찬 도시에서 아이의 울음소리는 들리지 않았다. 달 거주법이 통과된 이후 태어난 월인은 법 공포 당시 출생을 앞두고 있던 단 한 명뿐이었다.

"월인은 결코 늘어나지 않을 테니까요."

이곳에서는 사람을 낳는 것도, 사람이 태어나는 것조차도 불법이니까.

"그래서 우리는 월인인 거예요. 지구인들이 잘못 만든 시제품 같은."

소멸만을 향해 달려가는 세계에서 태어난 낙인 찍힌 아이들. 월인이란 고작 그런 것이었다.

언제였던가, 선생님이 《피리 부는 사나이》라는 그림책을 읽어준 적이 있었다.

하멜른이라는 도시에 어느 날 갑자기 쥐가 들끓기 시작했다. 사람들은 이 쥐떼를 전부 없애면 현상금을 주겠다며 쥐떼를 퇴치할 방법을 찾았다. 그때 한 떠돌이 사내가 나타나 피리를 불었다. 마을의 쥐들은 전부 피리 소리에 이끌려 떠돌이 사내를 따라갔고, 사내는 쥐떼를 전부 강물에 빠뜨려 죽였다. 뒤늦게 현상금이 아까워진 사람들은 돈을 주지 않고 사내를 쫓아냈다. 화가 난 떠돌이 사내가 다시 피리를 불었더니, 마을 아이들이 그 피리 소리에 홀려 어디론가 걸어가기 시작했다.

어릴 적 다녔던 초등학교에서는 지구 아이들이 읽는 어지간한 책은 모두 볼 수 있었다. 종이로 된 '진짜' 책들은 무거웠고 지구에서 가져오려면 너무 값비싼 대가를 치러야 했지만, 그를 대체할 만한 디바이스들은 얼마든지 있었다. 통신비용이 비싸고 느린 이곳에서는 지구에서처럼 온갖 게임으로 시간을 보내기 어려웠고, 작은 마을 밖의 환경은 척박하고 가혹하다 못해 아예 사람이 생존하기 어려웠기에 아이들은 어릴 때부터 학교나 집에 모여 앉아 음성 지원이 되는 책을 보거나 선생님의 구연동화를 들으며 자랐다.

그날도 그랬다. 선생님이 실감나게 그림책을 읽어 주었고, 아이들 중 누군가 수업이 끝나자마자 사물함에서 피리를 꺼내 왔다. 썩 잘 분다고는 할 수 없는 서투른 솜씨로 피리를 삑삑 불자 저학년 아이들에서부터 시작해 너 나 할 것 없이 떠돌이 사내의 피리 소리에 이끌려간 하멜른의 아이들처럼 그 아이를 졸졸 따라다녔다. 아이들은 신이 났고 어른들도 그 모습을 보며 웃음을 터뜨렸다.

　학교에 다닐 적, 아이들은 모두 한 가족 같았다. 한 학년에 보통 서너 명, 많아야 일고여덟 명이던, 유치원까지 다 합쳐도 오십 명도 되지 않아 모두가 서로에 대해 잘 알던 그 작은 학교에는 달에서 태어난 아이들과 지구에서 온 아이들이 한데 섞여 있었다. 그때만 해도 달 기지는 아직 규모가 작았고 타운 지구도 생기기 전이었다. 젊은 연구원들은 모듈에서 살기도 했지만, 가족이 함께 달에 온 사람들은 이에 지구에 있는 초등학교 주변에 옹기종기 모여 살았다.

　아침이 되고 인공태양이 머리 위에 켜지면 아이들은 눈을 비비고 일어났다. 학교를 둘러싼 작은 동네는 소박하지만 안전한 곳이었다. 모두가 서로의 가족에 대해 알고 있었다. 범죄에 노출될 일도 교통사고를 당할 일도 없었다. 아이들은 가방을 메고 학교에 달려가 수업을 듣고, 함께 놀거나 공부를 하다가 달 기지 사람들의 생체리듬을 24시간으로 맞춰 주는 인공태양이 안전모드에 들어가고 보호자들이 퇴근할 시간이 되면 서로 손을 흔들며 집으로 돌아갔다. 누군가는 이곳을 작은 낙원 같다고 말했고, 누군가는 옛 시절의 마을 공동체가 되살아난 것 같다고도 말했다. 어디에나 CCTV와 치안유지 로봇이 있었고, 마을 바깥은 코스모폴리스 사무소와 아이들의 부모가 일하는 연구소로 둘러싸여 있었다. 어느 집 꼬마가 동전 대신 은박지로 곱게 싼 버찌씨를 가져와도 웃으며 이해해 줄 것 같은, 옛날이야기에나 나올 것 같은 그런 마을.

이 시간이 영원할 수 없다는 것은 다들 알고 있었다. 아이들은 언젠가는 가족과 함께 지구로 돌아가야 했다. 부모의 국적이나 살던 곳이 제각각이었기 때문에 이곳을 떠나면 친구들을 다시 만나지 못하고 계속 그리워만 해야 하는 것은 아닐까 하는 생각에 훌쩍훌쩍 울기도 했다. 조금 더 나이가 들고 어른스러운 아이들은 친동생이나 다름없는 학교의 저학년 아이들을 다정하게 위로하며 말했다. 우리 엄마 아빠는 다들 달에서 일하는 사람들이고, 지구에 돌아가서도 계속 협력할 일이 있을 거라고. 그러다 보면 우리도 직접 얼굴을 맞대고 놀진 못하더라도 어떤 식으로든 계속 연결되어 있을 거라고.

파국의 시작은 갑작스럽고 서글펐다. 달의 초기 개척자들 중 몇몇 사람들이 혈액암과 비슷한 증상을 보이며 쇠약해졌다. 이유 없이 열이 나고 몸 여기저기에 멍이 들었다. 빈혈과 백혈구 감소 등 이상 반응과 함께 비장과 림프절이 부어오르기 시작했다. 다각적인 종양표지자 검사 결과, 지구에서 발견되지 않는 종류의 무언가가 발견되었다.

이때까지만 해도 달에서 우주왕복선을 발사하는 데는 비용이 많이 들었기에, 지구에서 보내오는 물자들은 대부분 유압쿠션으로 감싸고 역추진 장치를 단 컨테이너를 궤도상에서 쏘아 넣는 형태로 전달되었다. 개인적인 일로 지구로 돌아가기란 불가능했고, 월면에서 채취한 자원의 샘플이나 실험 자료를 보내기 위한 스케줄에 사람이 맞춰야 했다. 원칙적으로는 그랬지만 사람 목숨이 달린 문제였기에 세계우주기구는 쇠약해진 사람들을 지구로 돌려보내 정밀검사를 받게 했다. 하지만 우주암에 걸린 채 지구로 돌아간 사람들은 갑자기 증세가 악화되어 일주일에서 열흘 사이에 전부 죽고 말았다. 그나마 돌아간 사람들을 정밀하게 부검한 덕분에 지구의 중력과 자기장이 우주암을 악화시킨다는 실마리는 잡았지만 목숨을 구할 방법은 없었다. 일단 우주암에 걸리면 달에 남아 대증요법으로 얼마 남지 않은 삶을 조금이나마 연장하는 것이 고작이었다.

그리고 초등학교를 둘러싼 이 작은 낙원에도 비극은 닥쳐왔다.

"갈릴레이 씨네 아들도 이번에 돌아간다더구나."

"아저씨랑 아줌마는요. 우주암에 걸리면 지구에 못 가시는 것 아니었어요?"

"하지만 가족이 다 같이 있다가 아들까지 우주암에 걸리면 큰일이니 말이다. 아들만이라도 돌려보내겠다고, 그 애까지 우주암에 걸리게 할 수는 없다며 부부가 여기저기 찾아다니며 호소하더구나. 겨우 받아들여진 모양이야."

"……뮤라도 돌아갈 수 있어서 다행이에요."

다이는 오렌지 빛 머리카락을 한 상급생, 뮤 갈릴레이를 생각하며 한숨을 쉬었다. 달에 온 지 2년 밖에 안 되었는데, 부모님 두 분이 모두 우주암이라니. 온 가족이 달에 올 때는 행복한 미래를 생각했을 텐데, 뮤의 인생이 너무나 크게 달라져버린 것 같아 마음이 아팠다.

"그러면 뮤 오빠도 창어 언니네하고 라이너스가 갈 때 같이 가겠네요."

처음으로 달에서 태어난 아이라서 달의 여신의 이름을 땄다는 창어嫦娥 언니. 창어의 동생이자 바다의 신의 이름을 땄다는 위창禺彊, 그리고 자기 아버지의 이름을 그대로 물려받은 라이너스. 이들 세 사람은 다이와 마찬가지로 달에서 태어나 지금까지 이 마을에서 함께 자란, 다이에게는 친형제 같은 이들이었다.

"그 집도 이번에 돌아간다니?"

"예, 부모님이 지구 근무를 신청해서 가족 모두 돌아간다고들 했어요."

"그거 다행이구나."

다이의 할아버지, 아서가 대답했다.

"어른스럽다고 해도 아직 초등학생인데 어린애 혼자 보내는 건 많이 신경이 쓰이잖니. 아는 친구들과 함께 간다니 그나마 안심이 되겠구나."

하지만 그 귀환 시도는 비극으로 끝났다.

대기권을 돌입하며 창어와 위창, 라이너스는 몇 초 간격으로 심정지를 일으켰다. 셋 중 가장 어렸던 라이너스는 그대로 사망했다. 창어와 위창 남매는 생명유지장치 덕분에 일시적으로 심박을 되찾았지만 의식이 돌아오지 않은 상태로 지상에 도착하자마자 중환자실로 옮겨졌다. 하지만 중환자실이라고해서 중력까지 줄일 수는 없었다. 창어는 심장이 뇌까지 혈액을 전달하지 못해 뇌사를 일으켰다. 위창은 장기부전이 일어난 데다 두 번째로 일어난 심장 발작을 이겨내지 못했다. 결국 두 아이 모두 지구에 도착하고 48시간을 넘기지 못했다.

살아남은 것은 세 아이의 부모들, 그리고 부모를 달에 두고 혼자 지구로 돌아가야 했던 뮤뿐이었다.

"이번에 쇼크사한 아이들은 전부 달에서 태어났습니다. 안전성이 확보될 때까지, 저중력에서 태어난 아이들의 지구 귀환을 금지해야 합니다."

"일단은 지금 달에 와 있는 아이들이라도 모두 지구로 돌아가게 해야죠. 우주암 문제도 심각한데 이런 사고까지 생기다니……."

세계우주기구는 아이들을 보호한다는 명목으로 12세 이하의 어린이는 달에 체류할 수 없다는 조항을 포함한 달 거주법을 서둘러 입안했다. 돼지와 뉴트리아 같은 동물들을 우주로 데려와 새끼를 낳게 하는 실험이 이루어졌다. 그에 따라 달에 체류할 수 있는 제한 연령은 18세로 올라갔고, 달에서의 임신과 출산이 전면 금지되었다. 달에서 태어난 아이들은 '월인'으로 분류되어 특별 보호 대상으로 지정되었다. 그리고 달 거주법이 정식으로 공포되며 지구에서 온 아이들과 그 보호자들은 즉시 복귀하라는 행정 명령이 떨어졌다. 아이들의 생명을 지켜야 한다는 이유로 추방에 가까운 신속한 조치가 이루어졌다.

마치 피리 부는 사나이가 아이들을 데리고 사라져 버린 그 도시처럼, 거리는 순식간에 텅 비어버렸다. 처음에는 일곱 명이었다가 이제는 네 명뿐인 월인 아이들만이 남았다. 여기에 라테라사가 태어나 다섯 명이 되었다고 해도 별다른 희망이 생기는 것은 아니었다.

피리 부는 사나이가 하멜른을 휩쓸고 갔을 때에도 모든 아이들이 그 뒤를 따라가진 않았을 것이다. 산만한 아이는 쫓아가다가 행렬을 놓쳤을 것이다. 마침 심하게 감기에 걸려서 집에 누워 있던 아이도, 걸음마도 못하는 갓난아기도 있었을 것이다. 그렇게 살아남은 아이들은 어떻게 살았을까. 자기 또래는 한 명도 없고, 밖에 나가면 자식을 잃은 부모들이 슬퍼하는 모습만 보이고, 어쩌면 자기 부모도 왜 네 형제는 돌아오지 않았는데 너만 여기 있느냐며 원망할지도 모르는, 그러면서도 마을에 얼마 남지 않은 아이라고 온 마을 사람들이 숨막히도록 지켜보고 있는 그곳에서.

살아도 산 것 같지 않았을 테지.

가족은 죽어가고 친구도 없이, 같은 처지인 사람들은 세월이 흘러감에 따라 한 명 한 명 죽어가면서, 마음을 나눌 수 있는 친구도 갖지 못한 채 혼자 남겨질 미래를 뻔히 알면서 살아가야 하는 곳. 월인으로 태어난 자식을 키우기 위해 부모가 달에 남았다가 차례차례 우주암으로 죽어가는 모습을 무력하게 지켜 볼 수밖에 없는 곳.

 달과 지구는 여전히 너무나 멀다. 연구나 업무 목적이 아니면 오가기 어렵고, 평범한 사람이라면 평생의 버킷리스트 정도로나 와 볼 수 있을 것이다. 그러니 지구에서 온 누군가와 친구가 된다고 해도 3년이 지나 그 사람이 돌아가고 나면 다시 만날 기대 따위는 접어야 하는 곳. 옛 담임 선생님과 재회하는 일 같은 건 꿈에도 상상해 볼 수 없는 곳.

 그 무엇도 뿌리를 내리지 못한 곳.

 예정된 소멸을 향해 수렴하는 곳.

 이곳 달이라는 거대한 감옥에서 월인으로 태어난 아이들에게 주어진 선택지는 단 둘 뿐이었다. 고독 속에서 절망하거나, 우주암으로 죽어가거나. 어느 쪽이든 소멸을 향해 달려가는 것은 마찬가지였다.

 평생을 그렇게 살아가야 할 바에는 차라리 태어나지 않는 편이 나았을 것이다. 아니면 골칫거리가 된 그 순간 월인 아이들 모두가 죽거나 사라져 버리는 게 나았을 지도 모른다. ……저 하멜른의 아이들처럼.

 "저한테 무리하실 필요는 없는데요, 선생님."
 호쿨라니에게 이끌려 타우 지구의 명소로 떠오르는 식당

가로 끌려가며 다이는 쉬지 않고 투덜거렸다.

"솔직히 선생님들, 정식 선생님 아니고 연구원이잖아요. 아니, 잘 가르치지 못한다는 뜻이 아니에요. 지구에서 애들 입시 준비시키는 과외 선생님들도 정식 선생님은 아니지만 어려운 입시 과목을 다 가르치시잖아요. 선생님들 실력에 대해서는 전혀 의심 안 해요. 하지만 괜히 이야기 속에 나오는 좋은 선생님처럼 하려고 무리하실 필요 없다고요."

"내가 네 담임이거든."

"예, 그래서 석 달에 한 번씩 상담하시는 거 알아요."

"있잖니, 디오티마 우코. 여기서 선생님 노릇을 하는 건 꽤 벌이가 되는 데다 나중에 경력도 되기 때문이야. 착실하게 돈을 벌고 있으면 착실하게 할 일도 해야지."

"계획된 만큼 수업 진도 나가고, 과제 첨삭해주고, 상담 일지만 제때 제출하면 문제없는 걸로 아는데요."

"대체 네 전 담임은 너한테 무슨 소리를 한 거야? 얼른 와. 여기 늦으면 줄 서야 해."

호쿨라니가 다이를 데려간 곳은 이번에 새로 생겼다는 두부전골집이었다. 스마트 팜이 쉼 없이 식재료를 생산하고는 있지만 달에서 신선한 채소를 듬뿍 먹는다는 건 여전히 꽤 사치스러운 일처럼 느껴졌다. 다이는 청경채와 토마토, 두부 그림이 큼직하게 그려진 가게 문 앞에서 머뭇거렸다.

"괜찮아, 너랑 상담하면서 차 마시고 식사한 거는 비용 처리 되니까."

호쿨라니는 다이를 데리고 안으로 들어갔다. 한 사람씩 냄비가 나오고 원하는 대로 국물을 선택해 부어 먹을 수 있는 가게였다. 점원은 다이에게 토마토탕을 추천했다. 새콤하고 들쩍지근한 토마토 향이 올라오는 국물이 보글보글 끓자 따뜻한 온기가 주변에 퍼져나갔다. 그제야 다이는 조금 편안한 표정을 지었다.

"그건 그렇고, 어제도 또 시위하러 갔었다며."

"윽."

다이는 물을 마시다 사레가 들렸다. 그는 얼굴이 새빨개진 채 쉰 목소리로 물었다.

"……누가 그래요. 어제 건 뉴스에 안 나왔을 텐데."

"너희 옆집에 산다는 코스모폴리스. 이름이 제프였나. 생활지도 때문에 가끔 연락하거든."

"아, 정말."

다이가 어깨를 움츠렸다. 호쿨라니는 그 반응이 재미있다는 듯 몸을 숙여 다이의 얼굴을 들여다보며 말했다.

"왜, 사람들에게 네 주장을 알리려고 시위한 거잖아. 사람들 입에 오르내리는 게 나쁠 건 없지."

"하지만 학교 선생님에게 알려져서 좋을 것도 없고요."

"야, 난 달에 오기 전에도 네 이름을 들어 본 적이 있었어. 지구에서도 달 연구하는 사람들은 어지간하면 네 이름을 알걸? 가장 나이가 많은 월인 아이이자, 달과 월인의 권리를 위해 수시로 나서는데. 달에서 널 모르는 사람이 어디 있어."

"으으……."

다이는 낯을 찌푸리며 고개를 푹 숙였다.

다이는 달에서 태어난 세 번째 아이였다. 물론 미성년자, 특히 달에서 태어난 아이들은 사생활을 보호하는 것이 원칙이었으므로 다이의 갓난아기 때의 얼굴은 노출될지언정 이름까지 공개되지는 않았다. 하지만 달의 초기 이민자들은 그 수가 많지 않았고, 대부분이 과학자와 기술자로 서로 한 다리 건너면 다 아는 처지였다. 그러다 보니 이곳 사람들이나 달 관계자들 사이에서 아서 우코의 손녀가 태어났다는 소식은 순식간에 퍼졌다. 아이의 이름은 디오티마. 줄여서 다이라고 부른다는 이야기도.

그리고 2075년의 그 사고 이후, 다이는 살아남은 월인 아이들 중 가장 나이가 많은 아이로 주목받았다. 월인이 지구에 올 수 없다는 것은, 이 아이들이 달에서 방치되지 않고 지구에서 태어난 아이들과 동등한 혹은 그 이상의 교육과 복지를 제공받을 수 있도록 계속 새로운 규칙을 제정해야 한다는 뜻이었다. 그리고 그때마다 다이는 시청 앞, 세계우주기구 앞으로 달려갔다. 다이는 지구에서 딱한 처지의 월인 아이들에게 제공하는 복지의 첫 번째 수혜자가 되는 것이 아니라, 월인의 당연한 권리를 찾고 지구인들이 달의 미래를 마음대로 결정하는 것을 막기 위해 행동했다. 스스로 깃발이 되려는 사람처럼. 그러다 보니 달에서 뉴스를 보던 사람들은 아직 고등학생인 이 월인 소녀가 세계우주기구 앞에서 무언가 소리치다가 끌려가는 모습을 종종 목격하곤 했다. 이번 일도 그랬다.

"나쁜 일은 아니지 않아?"

"그렇다고 좋은 일인 것도 아니지만요."

"아냐, 내 말 좀 들어 봐. 지금은 달이 세계우주기구의 관리를 받고 있지만 장차 달이 자치구가 될 수도 있어. 그때 달의 이익을 대변하려면 월인 출신들이 더 전면에 나서야 하지 않겠어. 너처럼 말이야. 자기 권리도 찾고, 또 그 김에 여기저기 얼굴 도장도 찍고."

"잠깐만요, 지금 그런 문제가 아니잖아요."

다이는 혀를 쯧 하고 차며 고개를 들었다. 호쿨라니는 그리 어른은 아니라고 생각하지만, 어른들은 종종 이렇게 분위기 파악을 못하고 자기 하고 싶은 이야기만 한다.

"나중에 정치를 하겠다는 건 아니지만 일단 지금은 제 얼굴이 팔리는 게 문제가 아니에요. 지구인들이 달에다가 방사성폐기물을 갖다 묻겠다는 게 진짜 문제죠."

"그렇지?"

"달에서 태어나는 사람을 월인이라고 하면서 지구인들과는 다른 종 취급하고 멸종위기종 보듯 하면, 진짜 멸종위기종 다루듯이 좀 소중히 여겨 보든가. 그래서 우리처럼 달 밖으로 나갈 수 없는 멸종위기종이 있으니 달에다가 그런 것 좀 갖다 버리지 말라고 하는 거잖아요."

"그래, 그런 게 정치가 하는 일이지. 안 그래?"

"이게 정치냐 아니냐는 지금 중요하지 않아요. 선생님은 어떻게 생각하세요? 달에다가 그런 걸 갖다 묻겠다는 거요."

"일단 지구인들이 멍청한 생각을 하고 있다는 건 분명해 보이네. 방사성폐기물을 로켓에 담아서 쏘아 올리다가 로켓이 대기권에서 폭발하기라도 하면 그 낙진을 어떡하려고 그래."

호쿨라니는 보글보글 끓는 전골 국물에 두부를 넣으며 한숨을 쉬었다.

"2020년대에는 처리 비용을 줄인답시고 태평양에다가 재해로 망가진 원자력발전소에서 나온 제대로 처리도 안 된 방사능 오염수를 그냥 쏟아부었던 적도 있어. 온통 바다로 둘러싸인 섬나라가 자기 나라 앞 바다라고 그래 놓았는데, 바다라는 건 파도치고 순환하며 지구 한 바퀴를 도는 거잖니. 그 바람에 몇 년 뒤에는 환태평양 전역이 오염되었는데도 나 몰라라 하고."

"양심이 있어요?"

"양심이 있으면 그러겠니? 바다는 넓으니까 그 정도는 어떻게 되겠지 하고 뻔뻔하게 굴다가, 세계 바다 면적의 반을 방사능으로 오염시켜 버리다니. 그래도 그 뒤에 벌어진 일들을 보고 다들 방사성폐기물에 대해 좀 책임감 있게 행동하겠구나 생각했는데, 이젠 그 골칫거리를 달에 갖다 버리겠다고 로켓에 실을 생각을 하질 않나. 나도 지구 출신이지만 지구인들 정말 심하긴 심해."

"그렇죠!"

"뭐, 근데 인간들 바보짓이 어디 한두 번이었어야지."

다이의 표정이 굳어졌다. 이해해 주는 지구 출신 어른을 만났나 했는데 지구 걱정이나 잔뜩 하다가 어쩔 수 없다는 식의 결론이라니.

"만약에 정말 그런 일이 일어나더라도 태평양에 방사능 오염수를 쏟아붓는 것보다는 덜 위험하긴 할 거야. 달은 바람도 안 불고 바다라고 물이 고여서 순환하는 것도 아니니까. 땅 파고 묻어 놓으면 그 자리에 그대로 있을 테니, 그래선 원래 안 되는 거지만 상대적으로 좀 낫겠지."

그런데다 달에서는 별 문제 없을 거라는 남들과 똑같은 소리까지 하고 있다. 부아가 끓었다.

"낫긴 뭐가 나아요. 여기가 무슨 지구인들 쓰레기통이냐고요."

"당연히 기분 나쁜 거 알지. 하지만 일단 지구처럼 공기와 물이 순환하면서 사방으로 확산되는 건 아니니까. 파묻은 자리만 완전히 밀봉할 수 있으면 다른 문제는 없지 않을까? 아, 물론 지구 쓰레기를 달에 갖다버린다는 것 자체가 굉장히 이기적인 생각이라는 건 분명하지만."

"그게 문제라고요. 선생님도 지금 이 문제를 기분 문제처럼 취급하잖아요."

"기분 문제 취급이라니 너무하잖아."

"이 일을 이야기하면 달에 와 있는 지구인들은 다들 그렇게 말한다고요. 그래, 달에 갖다 버리는 건 나쁜 일이지. 하지만 지구에는 사람이 너무나 많고 방사능이 누출되면 그 많은 사람이 위험해지잖아. 그러니까 인구밀도가 낮은 달에 갖다 파묻는 수밖에 없지. 걱정할 것 없어. 달은 그렇게 작지 않아서 달 기지와 방사성폐기물 처리장 예정지 사이의 거리는 뉴욕에서 멕시코시티까지의 거리만큼 멀어."

"잠깐, 멕시코시티?"

"3,500km쯤 된다던데요. 참고로 달의 둘레는 선생님이 더 잘 아시겠지만 10,921km예요. 정확히 반 바퀴만 돌아간다고 생각해도 고작 5,000km 좀 넘는 거죠."

"호놀룰루에서 뉴욕까지의 거리의 반도 안 되잖아."

"얼마나 되는데요."

"8,000km 쯤······ 3,500km면 호놀룰루에서 샌프란시스코 가는 거랑 비슷할 거야."

대답을 하다 말고 호쿨라니가 어쩔 줄 몰라 하며 고개를 숙였다.

"미안, 그렇게 생각하니 네가 화를 내는 것도 이해가 가. 나 같아도 샌프란시스코 앞바다에 방사성폐기물을 버린다고 하면 화가 날 텐데."

"그리고 여기 달 기지 기준으로는 3,500km겠지만, 월면 모래나 광물을 채취하고 가공하는 공장은 전부 달의 뒷면에 있어요."

지금보다 조금 더 어렸을 때였다면 호쿨라니가 쩔쩔매는 모습을 보고 제 나름의 논리와 말발로 어른을 이겼다고 통쾌

해 했을지도 모른다.

 하지만 지금은 아니다. 지금 중요한 것은 그런 게 아니다. 이기는 게 아니라 한 명이라도 더 설득할 수 있어야 한다. 그런 사람이 되어야 한다.

 다이는 졸아들어가는 호쿨라니의 전골냄비에 육수를 더 부으며 중얼거렸다.

 "……우리 할아버지가 일하시는 곳이요."

4

 아폴로 11호가 달에 착륙한지 딱 90년이 되던 지난 2059년.

 "이 문제를 어떻게 해결하면 좋겠나."

 펜서 우주건설의 회장 샤오티엔은 아서 우코가 맡고 있는 월면 신소재 개발실로 대뜸 쳐들어왔다. 아서는 정색을 하며 달려나와 샤오티엔을 복도로 밀어냈다.

 "회장님, 다 좋습니다만, 이 안에 지구의 먼지가 들어오지 않게 해주십시오."

 "이것 봐, 방진복 입고 왔잖아. 절차는 전부 지켰어!"

 "태블릿을 그대로 들고 오셨잖습니까."

 샤오티엔은 그제야 헬멧 안에 쓴 안경 너머로 아서가 눈웃음을 짓고 있다는 것을 깨달았다.

 "월면 모래와 먼지를 가져오는 데 얼마가 들었는데, 지구의 먼지가 섞이면 안 되죠. 그나저나 무슨 일이십니까?"

"자네하고 할 이야기가 뭐겠나? 월면 모래가 속을 썩여서 그러지."

"점심 아직 안 드셨지요."

아서는 복도로 나와 헬멧을 벗고 탈의실로 향했다. 방진복의 헬멧을 벗고 안에 입고 있던 얇은 활동복을 체크무늬 셔츠와 면 슬랙스로 갈아입었다. 샤오티엔도 방진복을 벗고 옷장에 넣어 둔 재킷을 꺼냈다. 두 사람은 별다른 말없이 회사 밖으로 향했다.

"자네도 알겠지만…… 아서, 난 원래 과학자가 되고 싶었네."

두 사람은 작은 국수집 안쪽으로 들어가 자리를 잡았다. 늘 주문하던 대로 고기국수와 큼직한 찐만두, 야채볶음 같은 것을 주문하자 로봇이 발을 내려 주었다. 펜서 우주건설 회장의 단골집이라기에는 소박한 이 가게에서 샤오티엔에게 특별 대접을 해주는 것이 있다면 바로 이 발이었다. 두 사람은 시끌벅적한 가게 구석에서 다른 사람들의 시선을 적당히 피한 채 점심을 들었다.

"하시지 그러셨습니까."

"그러게 말이야. 답답해서 미치겠어. 그냥 내가 소매 걷어붙이고 어떻게든 해 볼 걸."

샤오티엔 회장은 낄낄 웃었다. 그는 아서와 마찬가지로 이번 세기가 시작된 서기 2001년에 태어났다. 선대 회장의 후

계자 후보인 샤오티엔과 연구 외에는 별다른 욕심이 없던 젊은 엔지니어인 아서는 이십 대 때부터 죽이 잘 맞았고, 샤오티엔은 때때로 아서를 찾아와 기술적인 조언을 구하곤 했다.

"내가 젊었을 때는 우리나라가 우주 개발의 후발주자였지. 미국의 견제도 심했고 말이야. 그런데다 자네도 알겠지만, 사람이 돈을 벌면 또 꿈에 대해서도 생각하는 것 아니겠어. 우주! 사람이 어릴 때는 한번쯤 우주에 대한 꿈을 꾸는 법이잖나. 그래서 나라에서는 생각했지. 지금 자라나는 아이들에게 우주에 대한 관심을 불어넣어야 이 아이들이 나이가 들어서도 우주를 꿈꾸겠구나 하고. 그땐 정말 SF 소설이며 영화가 수도 없이 나왔어. 난 지금도 기억하네. 중국에서 휴고상 시상식이 열렸을 때, 동경하던 SF 작가가 왔다고 해서 사인 받겠다고 시험도 빼먹고 달려갔던 것을. 나중에 성적이 나오고 나서 아버지께 죽도록 혼났지만 말이야."

"그러셨지요. 그때 사인 받은 엽서가 지금도 액자에 잘 담겨서 회장님 책상 위에 놓여 있지 않습니까."

"그래, 그때 결심했지. 과학자나 우주비행사가 아니라, 이 사람이 쓴 이야기 속 주인공처럼 인류를 미래로 나아가게 하는 사람을 우주로 보내는 사람이 되겠다고. 그러려면 역시 돈과 권력이다 싶어서 형제들과 숙부들과 경쟁하여 가문을 차지했지. 그리고 이제 한 걸음 더 나아갈 때가 되었다고 생각했는데……."

말을 하다 말고 샤오티엔이 한숨을 쉬었다.

지난 세기인 1969년, 미국의 아폴로 11호가 달에 착륙하고 닐 암스트롱과 버즈 올드린이 달 표면에 인간의 발자국을 남겼다. 이후 1970년에 소비에트 연방의 루나 16호가 달의 토양을 채집해 돌아왔다. 그 이후로도 달 탐사는 때로는 경쟁적으로, 때로는 시들해지며 계속 이어져갔다.

1998년 NASA가 보낸 달 탐사선 루나 프로스펙터가 달 표면을 구성하는 원소들을 조사한 지도를 만들며 새로운 사실들이 밝혀졌다. 그중에는 지구에서 볼 때 거뭇거뭇한 무늬처럼 보이는 달의 바다에 토륨과 칼륨, 인, 우라늄은 물론 지구에선 보기 드문 방사성 희토류 원소가 포함된 광물인 KREEP이 풍부하게 밀집되어 있다는 소식도 있었다. 대기가 없고 중력은 1/6밖에 안 되지만, 사람들은 일단 달에 최소한의 주거지와 공장을 세우고 나면 그 뒤는 어떻게든 될 거라고 막연히 기대했다.

달 표면의 모래에서 희귀하고 값비싼 원소들을 채굴하여 정련하고, 남는 부산물은 산업용 프린터에 집어넣으면 달 기지를 만드는 데 필요한 건축 자재나 벽체 등을 한 번에 뽑아낼 수 있을 거라고. 그러면 지구에서 굳이 거주 모듈이나 건축 자재를 보낼 필요가 없어, 운송비도 절약되고 희토류 원소나 방사성 원소를 채굴하더라도 채산성이 맞으리라고. 하지만 사람 일이라는 게 그렇게 생각대로만 진행되지는 않는 법이다.

2056년, 달 개발이 시작되고 지구인들은 마치 초기의 우주정거장처럼 여러 개의 거주 모듈을 달로 보내 최초의 달 기지를 만들려 했다. 기존에 우주정거장 모듈을 만들던 업체들이 이 일에 대거 뛰어들었다. 펜서 우주건설도 그중 하나였다. 우주정거장 모듈은 이미 어느 정도 표준화가 완료되었다. 때때로 날아드는 작은 유성체나 스페이스 데브리가 문제일 뿐, 잔고장은 많지 않았다. 우주 모듈 개발의 후발 주자였던 펜서 우주건설은 더 싸고 튼튼하며 기본적인 자가 수복 기능을 탑재하여, 이 시장의 틈새를 비집고 들어가 자리잡고 있었다.

하지만 달에서 사용할 모듈은 이야기가 달랐다. 우선 월면 모래부터가 말썽이었다. 비와 바람에 깎여 둥글어진 지구의 모래와 달리, 월면 모래와 먼지는 입자가 무척 작은데다 뾰족하고 날카롭기까지 했다. 거주 모듈의 외벽을 세라믹으로 코팅하고 특수한 강화 유리를 사용하는데도 월면 모래는 기지의 구석구석으로 파고들어 여기저기에 흠집을 남겼다. 달에서 사용하는 장비들도 월면 모래 때문에 고장이나 오작동을 일으키기 일쑤였다.

달의 먼지라고 하면 낭만적으로 들리지만, 월면 먼지는 인체에도 악영향을 끼쳤다. 기지 내부에서 헬멧을 벗으면 사방에서 매캐한 화약 냄새와 피 냄새가 났다. 숨을 쉴 때마다 미세하고 날카로운 월면 먼지가 호흡기에 상처를 냈다. 기지를 밀폐하고 모듈의 출입구마다 강력한 에어커튼을 설치하고 사방에 공기청정기를 달아도 한계가 있었다. 결국 달 초기 개척자들은 거주 모듈 안에서조차도 식사시간을 제외하면

늘 헬멧을 쓰고 있어야 했다. 그 헬멧의 유리조차도 월면 먼지에 노출되면 순식간에 흠집투성이가 되었다.

"일을 얕봤어. 월면 모래도 모래겠거니 그렇게만 생각했는데."

샤오티엔은 국수를 먹다 말고 아서를 바라보았다.

"다른 것도 아니고 모래 알갱이의 구조 때문에 이렇게까지 지지부진 난항을 겪을 줄은."

"신소재라는 게 원래 한참 시행착오를 거쳐야 쓸만한 물건이 되는 법이죠."

"기존 사업의 확장 정도로 생각했던 게 문제였나. 우주정거장처럼 회전을 높여서 인공중력을 만드는 것도 아니겠다, 어차피 조건은 똑같으니 생활 모듈로서 얼마나 안정적이고 쾌적한지 그것만 신경쓰면 될 줄 알았지."

"사실 우리만 그 문제를 겪는 건 아니잖습니까. 지금 달에 나가 있는 기업들은 전부 같은 문제로 고생하고 있는걸요."

월면 모래와 먼지로 인한 잔고장은 펜서 뿐 아니라 모든 기업의 골칫거리였다. 최초의 달 개척이 시작되고 1년이 채 지나지 않았는데, 달에서는 생산 공장이나 프린터는 고사하고 로봇조차도 반년을 버티질 못한다. 차라리 화성에 기지를 짓는 편이 더 낫겠다는 이야기가 공공연히 나오고 있었다.

"위기가 기회라지 않습니까. 다행히도 신소재 분야는 우리 펜서 우주건설의 특기고요. 월면 모래 문제만 해결된다면 우리 회사가 달 개척 사업에서 승기를 쥘 수도 있겠지요."

"그게 말처럼 쉬워야 말이지."

"정답은 의외로 가까운 데 있을 지도 모릅니다."

아서는 손때가 꼬질꼬질한 의자 등받이에 등을 기댄 채 미소 지었다.

"제가 어렸을 때 보던 과학 잡지에 그런 이야기가 실려 있었습니다. 우주로 간 과학자들이 어느 행성에 도착했는데, 그곳에 강한 산성 액체가 가득 찬 연못이 하나 있더랍니다. 이 액체는 무엇이든 닿기만 하면 녹아버려서 시험관도, 종이도, 심지어는 과학자가 입고 있던 우주복마저 녹아 버렸지요. 지구에서 가져간 암석 견본 같은 것도 순식간에 녹아 버렸답니다. 이렇게 무엇이든 녹여 버리는 액체다 보니 안전하게 가져올 수도 없고, 지구의 물질이 자꾸 섞여 들어가니 큰일이었죠. 그런데 이 과학자들은 어떻게 이 액체를 지구로 가져올 수 있었을까요?"

"잠깐, 그 이야기는 나도 들어 본 거야. 어디보자…… 그래, 그 행성의 흙으로 그릇을 만들어서 담아왔다 그거지?"

"그렇습니다."

"넌센스 문제야. 실제로 그렇게 된다고 누가 보장해."

"지금 제가 개발하는 게 뭔지 아십니까."

"월면 모래로 유리를 만드는 거였지."

"월면 모래로 외장재를 만들 겁니다. 희토류 원소를 정련하고 난 찌꺼기가 아니라 그 모래 그대로요. 전통적인 방법대로 모래에 탄산나트륨과 탄산칼슘을 넣어 가열해 용융시킨 뒤, 모래의 구조 자체를 살려서 자재를 만들 겁니다."

"모래의 구조?"

"월면 모래에서 돈이 되는 것은 다 빼내고 찌꺼기만으로 특수 유리를 만드는 건 그 다음 일입니다. 안전을 위해서라도 외벽에 쓰이는 자재는 그곳의 환경에 맞는 것을 써야지요. 외벽용 자재에는 바깥에 모래가 날아들었다가 그대로 결합될 수 있는 유리섬유로 그물을 만들 겁니다. 그러면 세월이 흐르면서 모래들이 결합되어 다시 달의 암석과 비슷한 형태로 단단하게 굳어가겠지요."

아서는 냅킨 위에 이제 젊은 사람들은 잘 쓰지 않는 사인펜으로 자신의 아이디어를 그려 보이며 설명했다. 설명을 듣던 샤오티엔의 눈이 빛났다.

"달에 가서 필요한 것들은 프린터로 찍어내면 된다고들 말했지. 처음에 개척 이야기가 나왔을 때는 말이야."

"맞습니다. 우리 회사 기술로는 이미 세포보다 작은 크기까지 원하는 대로 찍어낼 수 있어요. 외벽도, 특수 유리도, 내부를 시공할 블록도, 회로를 짜 넣을 전도체 블록도요."

"어디까지 설계해 둔 건가."

"출력 설계는 진즉에 끝났고 시제품도 있습니다. 하지만 문제는 어떻게 생산하느냐죠. 지구로 월면 모래를 다 가져오면 채산이 맞지 않고, 아무리 산업용 프린터라도 지구에서 쓰던 것을 그대로 가져갈 수는 없습니다. 우선은 기계 몇 대와 수리용 부품 여러 세트를 가져가서 우리 모듈 안에서 실험을 해가면서 달 환경에 맞게 프린터의 설계 자체를 변경해야죠."

아서는 웃었다. 샤오티엔은 이 일이 보통 일이 아니라는 것을 깨달았다. 동시에 아서의 웃음을 보고 오랫동안 잊고 있던 감정을 깨달았다.

"……자네가 이 일을 해보겠나."

"늘 하고 있지요. 지상에서는."

우주에 가고 싶었던 사람이 자신만은 아니었을 것이다.

"하지만 달의 중력에서도 제가 계산한 것들이 맞게 돌아가는지, 제 눈으로 확인해 보고 싶긴 했지요. 언제나 말입니다."

가고 싶었지만 가지 못한 채, 우주로 향하는 사람들의 꿈을 뒷받침해 온 사람도.

하지만 마음에 걸리는 것이 있었다. 아서의 나이였다.

쉰 여덟. 한창 나이라면 한창 나이이지만, 예전 같았으면 한 갑자를 거의 다 돌았다고 말하는 나이였다. 지상에서야 한창 나이라 해도, 현재 우주에 나가서 일하는 사람 중 가장 나이가 많은 사람이 오십대 초반이었다. 샤오티엔은 작년 봄, 아서의 아들인 션이 펜서 우주건설의 신소재 개발 부서에 엔지니어로 입사했다는 것을 알고 있었다. 아들이 장성하여 이 회사에 들어왔을 정도니, 아서 역시 머지않아 은퇴를 하고 유유자적하게 지내는 미래를 그리고 있을 것이다.

하지만 바로 그 순간, 아서가 빙긋 웃음을 지었다.

"지금 가겠다고 말씀드리지 않으면 평생 달에 가 볼 일이 없을지도 모르지요. 가겠습니다."

✦

 "뉴스에 또 네가 나오더구나, 디오티마. 할애비가 너 보고 싶어 하는 줄은 어찌 알고."
 한 달 만에 만난 할아버지는 에이트켄 분지에 자리한 펜서 우주건설의 기숙사 로비에서 다이를 보자마자 빙긋 웃으며 그 이야기부터 했다. 다이는 한숨을 쉬며 입을 내밀었다.
 "할아버지 보라고 시위한 거 아니야. 해야 하는 일이니까 한 거지."
 "잘했다."
 "응?"
 큼직하고 단단한, 여기저기 굳은살이 박인 손이 다이의 뒤통수를 덮었다.
 "잘했다고. 칭찬하는 거다."
 "할아버지……."
 그리고 아서는 반대쪽 손으로 다이의 이마에 딱밤을 먹이며 혀를 찼다.
 "아얏!"
 "그리고 면허 따자마자 저 고물차로 루나로드 끝까지 달려오다니. 넌 대체 겁이라는 게 아예 없는 거냐?"
 "할아버지도 보고 싶고! 검사검사 집에 올 때도 되었으니까 편안하게 모셔가려고!"
 "편안하게 모셔가기는. 네 운전을 어찌 믿고…… 라테라사는 어쩌고?"

"······제프네 관사에."

"제프도 경찰이잖냐. 바쁘고 피곤할 텐데 왜 거기다 맡겨."

"거기 관사라서 한 집에 경찰이 넷이나 살잖아. 거기 맡겨 놓으면 최소한 안전하긴 하겠지."

"그 답이 맞는지는 둘째 치고 머리를 쓰긴 하는구나."

"헤헷."

아서는 다이의 머리를 한 번 더 쓰다듬고 다이를 기숙사 건물로 데려갔다. 복도 여기저기에서 할아버지를 마중 올 때마다 여러 번 보았던 공장의 엔지니어들이 알은체를 했다. 공장과 기숙사 사이로 로봇들이 분주히 움직이고 있었다. 내일 달 기지로 돌아갈 예정인 사람들은 다들 들뜬 표정을 하고 있어서 바로 알아볼 수 있었다. 그런 이들은 유난히 활짝 웃으며 다이에게 말을 걸기도 했다.

"할아버지의 복귀일에 맞춰서 온 거야? 착하네."

딱히 착하다는 말을 듣고 싶어서 한 일은 아니었다.

"참 신통하지 않나. 달에서 태어난 고집쟁이 손녀가 이제 거의 한 사람 몫을 할 만큼 자라서 여기까지 혼자 밴을 몰고 오다니 말이야."

하지만 다이는 할아버지의 뿌듯한 표정을 흘끔 쳐다보며 그냥 입을 다물었다.

"혼자 왔다고? 이야, 대단한데. 어른도 이틀을 꼬박 달려서 여기까지 오기 힘든데 말이야."

"그렇지. 달에서 이 녀석보다 더 오래 살아 온 나도 이젠 그 거리를 운전하기는 힘이 드는데. 정말 신기하고 대견하지 않나. 응?"

대견하다며 한마디씩 보태는 어른들의 말에 다이는 얼굴이 붉어진 채로 할아버지에게서 슬금슬금 떨어져 먼저 기숙사동으로 향했다. 통로와 기숙사 로비가 연결된 구역에는 작은 휴게공간이 마련되어 있었고, 그 벽에는 낡고 오래된 에이트켄 분지 전역의 지도가 걸려 있었다.

소행성 충돌로 생긴 달 뒷면의 파인 흔적들 중에서 가장 커다란 흔적으로 남은 달의 남극, 에이트켄 분지. 태양계에서 가장 큰 크레이터이자 달 표면의 3분의 1에 달하는 이 크고 평평한 분지는 운석이 충돌한 후에 녹은 마그마가 분출되면서 만들어졌다. 그래서 초창기에 이곳에 왔던 이에 지구의 사람들은 이곳을 달의 여신의 테라스라고 부르기도 했다.

"라 테라사 La Terraza······."

다이는 지도를 쳐다보다가 구석에 누군가가 유리용 색연필로 휘갈겨 써 둔 글자를 손가락으로 짚으며 중얼거렸다. 처음에는 에이트켄 분지의 별명처럼 불리던 라 테라사라는 말은 시간이 지나며 이에 지구에 살던 초창기 연구원들을 중심으로 지구가 보이지 않는 땅, 달의 뒷면이라는 뜻으로 불리기 시작했다.

"라테······."

다이가 달 기지, 이에 지구에 두고 온 동생 라테라사의 이름은 바로 이곳, 에이트켄 분지의 별명이었던 라 테라사라는 말에서 온 것이었다. 자신의 이름이 존 H. 서얼 선장의 별명에서 온 것처럼.

 방에 도착하자마자 아서는 캐리어를 꺼내어 짐을 꾸리기 시작했다. 오늘로 이번 근무가 끝나니 내일 오전에는 다시 이에 지구로 돌아갈 것이다. 다이는 아서의 냉장고에서 멋대로 군것질거리를 꺼내 먹으며 물었다.
 "할아버지는 언제까지 펜서에서 일할 거야?"
 "힘닿는 데까지 해야지."
 "돈 때문에 그런 건 아니잖아."
 "회장님과 약속을 했어. 이 달의 먼지와 모래로 당신이 상상도 못할 유리들을 만들어 주겠다고."
 "……샤오티엔 회장님 돌아가신 게 언젠데."
 아서 우코는 올해 여든세 살이었다. 달에 온 지는 24년이나 된다. 남들보다 늦은 나이에 달에 온 그는 현재 달에서 가장 오랜 기간 머무른 지구인이기도 했다. 이제 일을 그만두고 편안한 만년을 누려도 될 텐데, 그는 유리 연구가 즐겁다며 4주 간격으로 달의 앞면과 뒷면을 오가며 일하고 있었다. 4주는 달의 뒷면에 자리한 펜서 우주건설 특수 유리 공장에서 기술 고문으로 일하고, 다시 4주는 이에 지구에 있는 집에 돌아와 지내며 주에 한 번 정도 펜서 우주건설의 상담역으로 출근한다.

"4주 일하고 4주 쉬고. 그만큼 휴일을 준다는 건 역시 달의 뒷면에서 일하는 게 힘들어서 그런 거지?"

"젊은 사람들은 4주 일하고 2주 쉬는 루틴이지. 나야 나이가 있고 상담역은 힘든 일이 아니니까. 그 일을 핑계로 실제로는 4주 쉬라는 거지."

상담역을 핑계로라고 말하지만, 다이도 알고 있다. 올해로 여든 셋인 아서 우코는 지구인 중 유일하게 24년 동안 계속 달에서 산 사람이었고, 펜서 우주건설의 초기 공장들을 전부 자기 손으로 설계하고 감리한 전문가였다. 그는 자신을 두고 진작 은퇴했어야 할 노인이라고 웃으며 말하지만, 달 개발에 나선 기업의 주요 인사들은 서로 아서에게 조언을 구하려고 줄을 서있었다. 그렇게 친분을 쌓은 인사들 중에는 저 유명한 헥시틸린사의 아서 맥스웰 회장도 있었다.

하지만 정작 할아버지는 헥시틸린이나 레드래쿤이 아닌 펜서 우주건설에 의리를 다하고 있다. 자신을 믿고 달로 보내준 회장님과의 약속을 지키겠다면서.

다이는 할아버지의 그런 점이 답답하면서도 좋았다. 기술자는 옛 시대의 장인이나 마찬가지라면서, 손주들 키우는 데 돈이 부족한 것도 아닌데 돈 더 준다고 이리저리 옮겨 다니면 모양새가 너무 우스워지지 않겠느냐고도 하셨다.

그러면서도 할아버지는 펜서의 독자적인 기술과 관련된 것이 아닌, 달에서 새로운 일을 시작할 때 필요한 사항에 대해서는 다른 회사에도 꽤 중요한 조언들을 아낌없이 건네주었다. 늙은이의 좁은 소견일 뿐이니 너무 괘념치 말라는 겸양의 말과 함께.

그러면 할아버지가 내게 그 낯선 남자의 이름을 붙인 것도, 옛 시대의 의리 같은 일이었을까.

"……그래도 이번에는 공장에 문제가 좀 많았단다."

"무슨 문제? 웬만한 건 다 자동으로 돌아간다고 하지 않았어?"

"사람 문제지. 신입 직원 한 명이 정신적인 문제를 일으키는 바람에 몇 명이 좀 다쳤단다."

"또 그거야? 달의 뒷면이 무섭다고?"

아서는 고개를 끄덕였다.

"그러니까 달의 뒷면에서 근무한 기간의 최소 절반 이상은 휴일을 줘야 한다고 아예 규정까지 못 박혀 내려온 거지."

사고 소식이니까 웃으면 안 되는데, 다이는 자기도 모르게 피식피식 웃었다. 다이에게 있어 달의 앞면과 뒷면은 지구가 보이느냐 아니냐의 차이일 뿐이다. 하지만 지구 출신인 사람들에게 있어 지구가 보이는 59%와 아예 보이지 않는 41%는 그 차이가 컸다. 지구는 전혀 보이지 않고 고개를 들면 아득한 우주만이 보이는, 때때로 달 기지와의 통신이 끊어져 일시적으로 고립되기도 하는 이곳에서 사람들은 종종 크고 작은 정신적인 문제를 겪곤 했다.

"할아버지는 괜찮아?"

"나야 괜찮지."

"달의 뒷면에 있으면 우울증에 걸린다는 게, 나로선 이해가 잘 안 가."

"글쎄다, 근원적인 공포 같은 게 있다더구나."

"그러니까 말이야. 지구도 밤하늘은 그냥 저렇게 생겼다면서."

"중력이 표준중력의 1/6밖에 안 되고 지구도 달도 보이지 않고. 달의 앞면과는 달리 지구와의 통신도 원활하지 않아서 달의 앞면에서 통신선을 끌어다가 연결하는 상황이고. 그런 모든 상황이 이곳에 머무르는 이들에게 아주 고립된 기분을 느끼게 한단다. 지구에서 버림받은 것 같고, 영영 돌아갈 수 없을 것 같은 기분 말이다. 그러다 보면 환각을 보거나 미쳐버리는 거지. 옛날부터 지구인들은 달의 위상 변화와 정신질환이 연관이 있다고 생각하기도 했잖니. 그래서 정신질환을 가리키는 말 중에 루나틱lunatic이라는 말도 있고. 이곳에서 환각을 보거나 발작을 일으키는 걸 그런 미신과 연결 짓는 사람들도 없지 않고……."

"할아버지, 내 생각에는…… 지구인들은 아직 우주에 나올 준비가 안 된 것 같아."

다이는 짐짓 심술궂은 표정을 지으며 말했다.

"표준중력을 벗어나면 여기저기 몸이 아프다 못해 운이

나쁘면 우주암에도 걸리고, 지구에서 멀리 떨어지면 심리적으로 불안해하다 못해 가끔씩 아주 돌아버리는 사람도 나오고. 지구에서 이렇게 가까운 달에서도 대부분의 사람들이 못 견디는데, 더 먼 곳까지 가려면 얼마나 시간이 걸릴지 모르겠어. 지구인이 월인보다 운이 좋은 건 저중력에 노출되었다고 바로 죽진 않는다는 것뿐이지."

"그럴지도 모르겠구나."

"그리고 한계가 있는 걸 알면서 로망은 끝끝내 포기하지 못하는 것도 말이야. KREEP 광물이라면 달의 바다에 집중되어 있잖아. 달에서 큼직큼직한 바다들은 거의 앞면에 모여 있는데. 여기까지 올 것도 없이 그냥 앞면에서 채굴을 해도 앞으로 100년은 넘게 캐낼 수 있을 텐데."

"그러면 지구에서 보이는 달의 모습이 바뀔 테니까."

"그러니까 말이야. 달은 그냥 달인데, 그게 토끼니 게니 자기들 마음대로 불러대면서 여기서 일하는 사람들을 고생시키고…… 사람들 정신건강 생각한다며 이런저런 규정들만 만들 게 아니라 그냥 달 기지 가까운 고요의 바다에서 채굴하고 공장 세웠으면 좋았을 거잖아."

"그러면 사람들이 생각하던 그 달이 아닐 테니까."

"여기 달에서 지내는 사람들이 실제로 존재하는데, 왜 달이 지구 사람들 보기 좋은 형태로 남아 있어야 한다는 이유만으로 달에 와 있는 사람들을 이렇게 고생시키는 건데? 달의 앞면에 공장과 채굴장이 있었다면 할아버지도 이렇게 매번 달의 앞면과 뒷면을 왔다 갔다 하느라 고생하지 않을 거고. 어쨌든 앞쪽은 지구가 보이니까 우울증에 걸리거나 갑자기 발작을 일으키는 사람도 줄어들 거잖아."

아서는 대답하지 않았다. 다이는 아서가 캐리어를 펼쳐놓은 옆에 쪼그려 앉아 아서의 얼굴을 올려다보며 물었다.

"할아버지는 괜찮아? 달의 뒷면에서 지내는 것."

"나야 괜찮단다."

"정말로? 요만큼도 문제없다고?"

"글쎄다, 디오티마. 때때로 조금 쓸쓸하기는 하지."

어쩔 수 없다는 듯 아서가 웃었다.

"아름답고 광막한 우주는 사랑스럽지만, 그래도 나는 지구에서 태어났으니 지구가 그리울 때도 있구나. 인간은 원래 지구에서 살아야 하는 건데 자꾸 욕심을 부리는 만큼 더 쓸쓸해지는 것 같기도 하고……."

아서 우코는 때때로 생각한다. 달의 뒷면, 지구가 보이지 않는 이곳에서 마주쳤던 그를. 밑도 끝도 없는 어둠과 압도적인 고독, 생명의 흔적이라고는 없이 오직 반짝이는 별빛만이 가득한 그 황량한 곳에서 그저 하늘을 바라보던 그 사람을.

그 어둠 속에서 홀로 태초의 하늘을 올려다보듯 별들을

올려다보던 그는, 몇 시간 전 인류 최초로 달의 뒷면에 착륙한 존 H. 서얼 선장이었다.

달의 뒷면에서의 유인 우주선 착륙은 헥시틸린사의 아서 맥스웰 회장이 야심차게 내놓은 알테미스 계획의 핵심이었다. 과거에는 국가가 우주 개발을 주도했고 군산복합체가 그를 뒷받침했지만, 21세기 중반 이후 우주 개발은 기업이 주도하게 되었다. 이번 일은 지난 세기 미국의 우주 개발을 뒷받침했던 헥시틸린사의 새 회장으로 취임한 아서 맥스웰 회장의 앞으로의 달 개척에서도 승기를 잡겠다는 선언으로 받아들여졌다.

"그러니까 출사표 같은 거지. 자네 삼국지 읽어 봤나?"

한 달에 한두 번씩 아서에게 개인 통신을 걸어 한 시간씩 하고 싶은 말을 떠들다 끊던 샤오티엔 회장은 껄껄 웃으며 말했다.

"삼국지가 뭔지는 압니다. 달까지 오는 동안 드라마를 봤지요."

"다행이구만."

"신경 쓰이진 않으십니까?"

"안 쓰일 수가 있나."

샤오티엔 회장이 빙긋 웃었다.

"만에 하나 헥시틸린이 실패하면 자네들은 구조나 해줘. 자네들이 제일 가까이 있는 '인간'이잖나. 빚을 지게 하는 것도 나쁘지 않지. 그리고 뭐, 헥시틸린이 성공하면…… 당장이야

배가 좀 아프겠지만, 우리 전문 분야는 그게 아니지 않나?"

달의 뒷면은 달 개척이 시작된 이후로도 한동안 미개척 지대였다. 달의 앞면은 지구와 바로 통신이 가능했지만, 달의 뒷면에서는 유선통신이나 중계 위성이 필요했다. 개발하기 좋은 바다도 달의 앞면에 주로 모여 있었다.

달의 뒷면에는 외계에서 크고 작은 운석이 떨어지며 만든 크레이터가 가득했다. 달의 앞면, 특히 지구가 하늘 높이 떠 있는 지역이라면 지구의 반사광 덕분에 밤에도 아주 어둡지는 않았다. 그러나 달의 뒷면에 밤이 오면 칠흑 같은 어둠과 발밑을 밝히기에도 부족한 먼 우주의 별빛뿐이었다. 그럼에도 샤오티엔 회장은 아서 우코가 달 기지 건설에 당장 필요한 건축 자재들을 생산하는 데 성공하자마자 그를 달의 뒷면으로 보냈다.

"이봐, 자네도 잘 알겠지만 특히 우주 개발이라는 건 말이야, 그냥 무작정 경쟁하는 것과는 좀 다른 것 같네. 다른 회사가 먼저 성공한다고 해도 분야가 아주 겹치는 게 아닌 이상에야 우리에게도 장기적으로는 다 보탬이 되더라는 거지. 무슨 말인지 알지?"

"압니다. 다른 신기술들과 마찬가지지요."

달의 남극을 둘러싼 에이트켄 분지는 자원의 보고였고, 샤오티엔 회장은 사람들이 달에 대해 갖는 동경과 열망, 그리고 달에 대한 꿈과 신화를 믿는 마음을 잘 알고 있었다. 그는 루나로드가 연결되기 전 이미 에이트켄 분지에 공장을 세

왔다. 달의 앞면에 세운 기지와 공장들 때문에 지구에서 보는 달 모습이 달라지고 있다는 지적이 나오기 한참 전부터, 그는 달 기지와도 지구와도 통신이 원활하지 않아 개발에 앞서 막대한 교통과 통신 인프라를 구축해야 했던 이곳, 에이트켄 분지를 선점하고 대규모 개발을 해나가고 있었다.

"거기서 유인 우주선이 이착륙에 성공한다면 우리에게도 나쁠 게 없는 기회야. 굳이 달의 앞면으로 물자를 실어 나를 것 없이 에이트켄에서 바로 왕복선을 발사해서 지구로 실어 나를 수 있다는 이야기지. 어디보자, 맥스웰 회장과도 이야기를 해봐야겠군. 수고 좀 해 줘."

샤오티엔 회장은 헥시틸린의 도전을 낙관적으로 보고 있었다. 실패는 헥시틸린의 문제고 성공하면 펜서에도 득이 된다. 아서 역시 처음에는 그 정도로만 생각했었다. 헥시틸린의 로고를 새긴 달 착륙선이 어둠 속에서 에이트켄 분지에 조용히 내려앉았고, 존 H. 서얼이라는 이름의 젊은 선장이 이제 겨우 성년이 된 천재 과학자인 지니어스 쌍둥이와 함께 달의 뒷면에 내려설 때까지도.

"⋯⋯별을 보고 계십니까."

하지만 아서는 그를 보자마자 알았다.

그는 자신을 존 H. 서얼이라는 이름의 남성이라고 세상에 소개했지만, 그의 안에 깃들어 있는 존재는 디오티마라는 이름의 여성이라고. 서른여섯 살의 청년이자 2300년을 살아 온 사람이라고. 그런 존재를 무어라 불러야 좋을지 모르겠지만.

그것은 기이할 정도로 거침없이 나아가고 있었다.

"······디오티마."

남자는 어깨를 움찔거리며 천천히 돌아섰다.

"아, 우코 실장님."

그의 입가에는 몇 시간 전, 간소하게 환영파티를 준비했을 때 보았던 것과 같은 미소가 걸려 있었다.

"제 친구들이 제 계정 이름을 보고 디오티마라고 부르기는 합니다만, 여기서도 그 이름을 들을 줄은 몰랐는데요."

언제부터였을까. 이곳 달의 뒷면에서 평소에는 보이지 않던 것들이 보이게 된 것은.

"아, 그렇지. 아까 스카가 그렇게 불렀군요. 음, 맞아요. 디오티마라고 부르시면 됩니다. 아무래도 존 H. 서얼이라는 이름은 좀 심심하고 지루한 느낌이라더군요. 그러니까······."

아서 우코는 자신보다 조금 키가 큰 그 사람을 바라보며 문득 생각했다.

'진화하고 있다'고.

"확실히 시뮬레이션으로 계속 봤던 풍경이지만, 이렇게 보고 있으니 저기에 지구라도 떠 있으면 좀 안심이 될 것 같긴 하군요."

"그런가요?"

"예. 하지만······."

이곳에서 영원히라도 살 수 있을 것 같다고, 그는 나직하게 중얼거렸다.

　남자의 목소리로, 여자의 속삭임으로. 아서와 함께 일했던 엔지니어들 중에도 트랜스젠더는 있었고, 아서는 때때로 그들에게서도 그런 이중의 목소리를, 성대가 울려서 내는 목소리와 마음의 떨림으로 내는 두 목소리를 들은 적이 있었다.

　과거 많은 문화권에서 트랜스젠더는 혐오와 배척의 대상이었지만, 어떤 문화권에서는 트랜스젠더가 신의 자손이나 신의 사자처럼 여겨졌다. 처음 그런 현상을 보았을 때, 아서는 왜 그들이 신의 사자로 여겨졌는지 이해했고 그 다음에는 실제 성별과 영혼의 성별이 일치하지 않는 사람이 정말 많다는 사실을 알게 되었다. 사실 명확한 성별이라는 것이 존재하고 몸도 마음도 한 방향을 향해 있는 사람이 더 드물지도 모른다는 사실을 알게 된 건, 더 시간이 지난 후의 일이었다. 때로는 인간의 영혼이 어떤 의지를 갖고 자신의 카르마를 따라 몇 번이나 다시 태어난다는 것을, 아서는 철학이나 명상의 단계가 아닌 실존하는 현상으로 받아들일 수 있었다.

　그러니까, 존 H. 서얼이 여성의 영혼을 갖고 있는 것 자체는 그렇게 특별한 일이 아니었다. 그 영혼이 아주 오래전부터 거듭해 태어난, 길고 긴 로그 파일을 가지고 있을지도 모르는 영혼이라는 것도. 하지만 아서는 헬멧을 뒤집어 쓴 존 H. 서얼에게서 한순간 수많은 사람의 모습이 쏟아지는 것을 느꼈다. 알고자 하고 갈망하는 사람들. 여성이거나 남성이고 혹은 어느 쪽도 아니었으며, 인종도 시대도 모든 것이 제각각인 사람들이 일순간 하나가 되어 이 달의 뒷면에서 지구를 등진 채 저 아득한 우주를 바라보고 있었다.

그들 모두가 하나의 기억으로 이어져 있었다.

마치 300년 동안 남성과 여성의 몸으로 살았던 버지니아 울프의 소설 속 주인공 올란도처럼.

"당신은……."

그런 것은 처음 보았다.

그 영혼은 앞으로 나아가고 있었다.

이상할 정도로 분명히 진화하고 있었다.

인간으로서는 감당할 수 없는 수많은 시간을 넘어서, 존재할 것 같지 않은 고독을 등에 진 채로, 그는 그저 알고 싶다는 마음 하나를 원동력 삼아 앞으로, 또 앞으로 나아가고 있었다. 불가능한 것을 알면서도 앞으로 나아가려 하는, 패배할 것을 알면서도 멈출 수 없는, 모든 산을 오르고자 하는 욕망에서 압도적인 안타까움이 느껴졌다.

아서는 눈을 깜빡였다. 그러다가 어렵게 입을 열었다.

"……그래서 어디로 가려는 겁니까."

그 남자가, 그 여자가, 이번 세기에 태어나 올해로 서른여섯 살이 된 청년이, 기원전에 태어나 하늘을 올려다보던 고대의 지혜로운 인물이, 삶과 죽음을 거듭한 끝에 이곳에 도달해서는 마치 길을 잃어버린 듯한 표정으로 아서를 바라보았다.

"……괜찮습니다. 조난 당하지 않아요."

한참 만에 그는 짐짓 여유를 가장한 듯한 미소를 지으며 대답했다.

"이렇게 칠흑 같은 어둠 속에서 어서 돌아오라는 듯이 빛나고 있는 불빛을 못 보고 지나칠 리도 없고요."

"돌아오지 않을 거잖습니까."

입은 얼마든지 웃는 티를 낼 수 있지만, 눈까지 감정을 속이는 것은 쉽지 않다. 아서는 헬멧 너머에서 그의 눈이 어떤 표정을 짓고 있는지 알지 못한다.

하지만 말하지 않을 수 없었다.

"……계속 앞으로 나아가는 사람이 아닙니까. 당신은 그 긴 세월을 홀로."

그리고 그 정도로 먼 옛날에,
그 고대의 누군가가 달의 뒷면을 보고 싶다고 생각했다.
'알고 싶다'고 생각했다. 더 많은 것을.

살아있는 동안 모든 것을 알 수 없기에, 인간은 기록하고 세대를 거치며 지식을 전수한다. 하지만 그것만으로는 만족할 수 없어서, 알고 싶다는 그 간절한 마음만으로 시대를 넘어서 바로 지금 여기에 왔다.

이 사람의 영혼은.

몇십 번, 몇백 번이나 서로 다른 모습으로, 삶과 죽음과 인생의 고통과 격랑을 거듭하면서.

"달의 뒷면을 봤으니까 이제 만족한다는 겁니까."

'그저 알고 싶다'는 마음 하나로.

"……그런 건 아니에요."

디오티마가 고개를 숙였다.

"어떻게 알아보셨는지는 모르겠지만."

"나도 모르겠습니다. 하지만 달의 뒷면에서 지내다 보니 전에는 알 수 없던 것들이 언뜻언뜻 보이는 순간이 있더군요."

"보이는 거라면……."

"글쎄요, 잘 모르겠습니다. 어떻게 당신이 여기까지 왔는지는 모르겠지만, 그냥 보는 순간 느껴졌지요."

아서가 웃었다.

"어떤 영혼은 계속 앞으로 나아가며 진화를 거듭한다는 것이."

"그 차는 터미널까지 자율주행 설정해서 돌려보내라. 돌아갈 때는 편하게 버스로 가야지."

"됐어. 내가 끌고 왔으니 내가 끌고갈 거야."

"어차피 루나로드만 쭉 따라가면 되니 괜찮을 거다. 교대 근무자용 버스도 터미널로 가니까 말이다. 도착해서 차만 찾아 돌아가면 되지."

다이는 아서의 말을 못 들은 척 하며 할아버지의 캐리어를 밴에 실었다.

"저 고집을 누가 말리겠나."

아서가 쓴웃음을 지으며 우주복을 입었다. 다이는 운전석에 앉아 시동을 걸었다.

다이는 내년이면 성년이 된다. 고등학교 졸업 자격시험도 준비하고 있을 텐데, 한두 달 휴가라도 받아 뒷바라지를 해주어야 하는 것은 아닌지 마음이 쓰이기도 했다.

고등학교를 졸업한다고 해도 그 다음이 또 문제였다. 대학에 갈 수 있을까. 그것도 유예에 불과한 것은 아닐까. 무언가 자신의 일을 갖고 인생을 스스로 꾸려나가야 할 텐데, 월인으로 태어나 달의 중력권을 벗어날 수 없는 이 아이에게 그런 기회가 제대로 주어질까.

그런 걱정이 무색하게도 다이는 조금도 주저하지 않고 능숙하게 차를 몰아 주차장을 빠져나갔다. 자신은 이미 어른이 될 준비가 다 되었다고 주장하는 듯한 움직임이었다.

"잠깐만 디오티마. 이쪽 방향이 아닌데."

아서는 다이가 달 기지 방향이 아닌 루나로드의 끝을 향해 핸들을 꺾는 것을 보며 조용히 한마디 했다. 다이는 대답하지 않았다. 짚이는 데가 있었지만 아서도 굳이 말하지 않았다.

계속, 계속, 끊임없이 다이가 자신의 이름과 싸워왔다는 것을 아서도 알고 있었다. 달에서 태어난 첫 번째 아이가 중국의 달의 여신 상아의 이름을 따서 창어라는 이름을 받았듯이, 다이 역시도 평범하게 다이애나나 알테미스 같은 이름을 지어주었다면 호들갑스럽다고 짜증은 냈을지언정 차라리 납득하기 쉬웠을지도 모른다.

처음으로 달의 뒷면에 내려앉은 존 H. 서얼.

그의 별명으로 알려진 디오티마라는 이름이 지금 이 아이를 계속해서 옭아매고 있다.

"……거기 가려는 거냐."

"어디?"

"이 길이 끝나는 곳 말이다."

"……글쎄."

대답을 하다 말고 다이는 아서를 흘끔 쳐다보았다.

"실은 어제 할아버지 회사에 가다 말고 혼자 다녀왔어."

"그랬냐……."

"전에 할아버지랑 가봤었잖아. 래드래쿤의 지니어스 쌍둥이 사장들이 이름을 새겨놓은 곳."

"그랬지."

"존 H. 서얼은 대체 어떤 사람이었어?"

그가 어떤 사람이었는지를 말할 자신이 없었다. 한 사람의 인생을 말로 설명하는 것도 쉽지 않은데, 의지를 갖고 앞으로 나아가며 몇십 번, 몇백 번이나 생을 경험해 온 사람에 대해 말하는 것이 쉬울 리가 없었다. 하물며 그 모든 것이 단 한 번의 만남에서 알게 된 것이었다면. 갑자기 떠밀리듯 바다에 빠졌다고 해서 바다에 대해 알게 되었다고 말할 수는 없는 법이다.

"알고자 하는 의지를 갖고 진화하는 영혼이었단다."

"그래, 알아."

다이가 길가에 차를 세웠다. 그는 시동을 끄고 차에서 내렸다. 헬멧의 주파수 너머로 아이의 목소리가 차갑게 울렸다.

"어렸을 때부터 계속 말했잖아. 진화하는 영혼이라고. 그런 말을 할 때마다 할아버지가 너무나 쓸쓸하고 고통스러워 보여서, 그래서 더 물어보질 못했어."

아서는 차에서 내렸다. 지구 따위는 보이지 않는 이곳, 달의 뒷면은 사람들이 흔히 그 이름에서 떠올리는 어둠과 상관없이 한낮이었다. 강렬한 태양빛이 달의 대지를 달구어 우주복의 표면마저 달아오르는 시간이었다. 대기도 구름도 없이 그대로 내리꽂히는 햇살은 달의 뒷면이 품고 있는 상처와 그늘을 백일하에 드러냈다. 그리고 그 한가운데, 쏟아지는 햇빛을 받아 눈부신 황금빛으로 빛나는 루나로드의 끝에 그 애가 있었다. 그대로 따라가라고 깔아놓은 듯한 빛나는 길을 앞에 두고, 아득하게 길을 잃어버린 듯한 표정을 짓고 있었다.

"사람들은 다들 할아버지의 그 디오티마가, 존 H. 서얼이 대단하고 아까운 사람이고 인류의 영웅이라고들 말하는데, 나는 정말로 그 사람이 어떤 사람이고 어떻게 진화를 했는지 그런 것은 궁금하지도 않아."

"디오티마."

"왜 하필 나에게 그 이름을 붙인 거야?"

다이도 할아버지의 마음에 대해, 그 기대에 대해, 짚이는 구석이 아주 없는 것은 아니었다.

그저 알고자 하는 마음으로 죽은 후에도 몇 번이나 다시 태어나는 영혼. 그래서 참혹한 죽음을 앞에 두고도 초연하고, 상황을 냉철하게 판단하여 지니어스 쌍둥이를 구할 수 있었던 사람. 그리고 지금 지구의 어느 한 모퉁이에서 다시 태어나, 다시 달을 바라보고 있을지도 모르는 사람.

그런 사람이 죽었고 손녀가 태어났다.

"할아버지는 내가 그 사람이었으면 하고 바랐던 거야?"

누군가의 이름을 물려받는다는 것은 그 사람에 대한 기대를 물려받는다는 의미이다. 아버지의 이름을 아들이 물려받고, 할아버지의 이름을 손자가 물려받는 것처럼. 한 대에 이룰 수 없는 수많은 일들을, 꿈과 희망과 나아갈 방향을, 누군가가 그 뒤를 이어서 달려가 주기를 바라는 간절한 마음과 간곡한 기대를.

하지만 할아버지는 그러지 않았다. 할아버지의 할아버지, 그 할아버지도 아서였다고 말하던 다이의 할아버지는 정작 자신의 이름인 아서를 아들에게도, 손자와 손녀에게도 물려주지 않았다. 대신 손자에게는 그 아이가 태어난 곳인 '달의 뒷면'이라는 뜻의 '라테라사'라는 이름을 주었고, 손녀에게는 고작 하루이틀 보았을 뿐인 사람의 이름을 붙여 주었다.

"그 진화하는 영혼이랑 다시 만나고 싶었어? 그 대단한 사람이 할아버지 손녀로 태어났으면 좋겠다고 생각한 거냐고!"

대체 그 사람이 할아버지에게 어떤 의미였는지, 그런 것은 알고 싶지도 않았다. 그것이 고독한 사람을 바라보는 애틋함이든, 시대를 초월해 앞으로 나아가는 사람에 대한 경외감이든, 동경이든, 사랑이든, 그 어느 것이든, 무엇이든 상관없었다.

"그 사람이 죽음에 초연한 건 얼마든지 다시 태어날 자신이 있어서였잖아. 인정받는 사람으로, 장애 없이 건강한 몸을 가진 남자로, 백인으로, 번듯한 지구인으로!"

"디오티마."

"이쪽은 아무 말 안 하고 잠자코 있으면 부정당할 것 같은 월인인데! 말해 봐, 할아버지. 대체 그 사람에게서 뭘 봤던 거야. 뭘 보았길래!"

"네가 그 사람이 아니라는 건 처음부터 알고 있었다."

아서는 담담하게 대답했다. 순간 다이의 눈이 휘둥그레졌다. 그는 곧 어깨를 떨구며 제 할아버지를 쳐다보다가 낮게 탄식하며 고개를 돌렸다.

"……그랬겠네. 할아버지에게는 사람의 영혼이 보이니까."

"애야."

"나는 최초로 달의 뒷면에 착륙하지도, 다른 사람을 구하기 위해 눈 딱 감고 목숨을 버리지도 못하는 그냥 평범한 애라는 것도 바로 알았겠네."

"얘야. 그런 게 아니다."

"그런데 왜 그런 거창한 이름을 붙여 놓은 건데."

눈물은 뭉치며 고였다가 천천히 뺨을 타고 미끄러진다. 마치 무너지는 제 마음처럼, 눈물의 궤적은 이를 악물어 힘이 들어간 그 자리 위로 뜨끈하게 괴었다가 다시 턱으로 뚝 떨어졌다. 아이는 뭔가 중얼거리며 흐느끼다가 마침내 주저앉았다. 달의 뒷면은 아직 한낮이었고, 아무리 우주복을 입고 있다고 해도 너무 오래 있으면 과열될 수도 있었다. 하지만 아이는 비틀거리며 다시 일어났다. 누가 가르쳐주지도 않았는데 혼자 걸음마를 시작하는 어린아이처럼.

아서는 그 모습을 그저 숨죽여 바라보았다. 금빛으로 빛나며 쭉 뻗어 있는 루나로드가 아니라, 거칠고 굴곡이 심해 그림자가 선명한 달의 표면 위로 아이는 천천히 걸어갔다. 저 선연한 빛만큼이나 어두운 그림자가 발밑에 깔리는 그곳에서 아이는 대지 위에 제 발자국을 남기며 앞으로 나아갔다. 그리고 아이의 모습이 저만큼 멀어졌다 싶어졌을 때, 무언가 비명과 같은 소리가 귀를 찔렀다. 출력의 한계까지 이어셋이 울부짖었다.

달에는 대기가 없다. 아무리 소리를 질러도 그냥은 귀에 닿지 않는다. 고요한 속삭임이든, 격렬한 절규든, 전파로 연결되거나 진동이 마주 닿지 않으면 전해지지 않는다. 아서는 허우적거리며 표준중력의 1/6밖에 안 되는 달의 중력을 박차고 달렸다. 고통스럽게 악을 쓰며 무너지는 아이의 떨림이 손바닥 가득 전해져왔다.

문득 이 달에서, 처음으로 갓 태어난 생명을 안아보았던 그때가 떠올랐다.

그 아이에게 디오티마라고 부르던 순간의 마음도.

"내가 네게 바란 것은 단 하나 뿐이었단다."

그것은 이 달에서 시작하여 다시 미래로 나아가는 것.

지구에서 태어나, 지구에 마음의 탯줄을 남겨둔 채 달에 도착하여, 때로는 숨을 거두는 그 순간까지 지구를 그리워하는 사람들과 달리, 그 다음을 바라보는 사람이 되는 것. 그 누구도 앞선 발자국을 남기지 못한 세계에서 오직 자신의 지도를 만들며 걸어가는 것.

그것은 가장 뛰어난 사람이 되라는 바람과는 달랐다.

가장 앞선 사람이 되라는 바람과도 달랐다.

그것은 그저 몇 번이나 길을 잃고 넘어지더라도, 자신을 믿고 네가 갈 수 있는 가장 먼 곳을 바라보는 네가 되었으면 하는 바람이었다.

그 디오티마가, 그저 알고 싶다는 소망만으로 저 고대의 알렉산드리아에서부터 달의 뒷면까지, 시간을 넘어 한 걸음씩 앞으로 나아갔던 것처럼.

체온이 전해지지 않는 우주복 너머로, 아서는 자신의 모든 것을 의심하고 부정하며 몸부림치는 아이를 향해 안타깝게 손을 내밀었다.

5

아서가 꾸벅꾸벅 졸다가 눈을 떴을 무렵, 아득한 지평선에는 지구가 걸려 있었다.

"……이런 풍경을 보고 있으면 여전히 헛갈리는구나."

"뭐가."

"지구에서 달이 뜨듯이 저 지평선에서 지구가 떠오르는 것처럼 느껴진단 말이지. 몇십 년을 여기서 지냈는데도 아직도 그런 착각을 하곤 해."

"……지구인들이란."

아서는 웃었다. 달의 뒷면에 태양이 떠 있는 동안, 달의 앞면은 밤이다. 달의 뒷면에서 앞면으로 루나로드를 따라 달리다 보면, 어느 순간 황금빛 루나로드가 본래의 빛깔인 오렌지색으로 돌아오기 시작한다. 낮과 밤의 경계에서 차를 몰고 가다가 다이는 문득 물었다.

"……지구에 가고 싶진 않았어?"

"뭐?"

"할아버지는 지구에서 태어났잖아. 지구에 돌아가고 싶진 않았느냐고."

다이가 손가락으로 지평선 끝을 가리키다가 차를 세웠다. 아서는 잠시 그대로 앉아서 떠오르지도 지평선을 넘어가지도 않는 저 지구를 물끄러미 바라보았다.

이렇게 가던 길을 멈추고 달 기지 밖에서 지구를 바라보는 것도 퍽 오랜만이었다. 지구를 보는 것이 감회가 새롭다고 느껴질 정도로, 정말 오랫동안 지구 생각을 하지 않고 살았다. 다이의 말대로 지구에서 태어났는데도.

"가끔 생각은 났지. 아주 가끔 꿈을 꾸기도 했다. 풀 냄새라든가, 맨발로 흙을 밟는 느낌이라거나."

그건 사무치는 그리움과는 다르다. 마지막으로 지구를 그리워했던 것이 언제였는지 이젠 기억도 나지 않는다.

"돌아가고 싶진 않았어?"

"글쎄다."

아서에게 있어 지구는 그 사람이 있는 곳이었다. 그 사람의 생명이 사라진 후로 지구에 대한 미련도 사라졌다. 그곳은 태어난 곳이었고 행복한 기억도 많이 남아있는 곳이지만, 이제 자신을 기억하고 그리워하는 사람은 한 명도 남아있지 않았다. 태어난 곳이었지만, 이미 고향은 아니었다.

달의 뒷면에서 앞면으로 넘어오며 지평선 너머로 지구의

모습이 보일 때면 때때로 뭉클한 느낌을 받기도 했지만, 그건 돌아가고 싶다는 마음이 아니라 그저 낡은 그리움일 뿐이었다. 오래된 옛 사진 속, 지금은 이 세상에 없는 사람들을 볼 때 느끼는 그런 감정. 하지만 그런 감정이나 기억도 그 자체가 소중한 것이었다. 아무것도 남지 않은 그곳에 굳이 돌아가야 할 이유 같은 것은 느끼지 못했다.

지구에서의 삶이 지루했던 것은 아니었지만, 아서는 언젠가 우주로 가고 싶다고 생각했었다. 그 꿈이 마침내 이루어지자 아서는 달 환경에 맞추어 프린터를 개조하고 개조한 프린터로 새로운 벽체를 바로 생산하는 한편, 이와 같은 프린터를 대형으로 제작할 수 있도록 지구에 설계도를 보내며 바쁘게 지냈다. 지구에서 공수해 온 모듈이 아니라 월면 모래로 만든 벽체로 둘러싼 최초의 달 기지가 만들어지기 시작했다. 펜서 우주건설은 달 기지 바로 옆에 최초의 공장을 짓고, 달 기지와 연결된 동일한 소재의 돔으로 둘러쌌다. 우리들의 집이라고, 사람들은 일본어로 '집'이라는 뜻인 '이에家'라는 이름으로 그 구역을 부르기 시작했다.

"오늘부터 달에서 근무하게 된 션 우코입니다."

추가 인력을 요청하고 얼마 지나지 않아 펜서 우주건설

본사에서는 젊은 엔지니어 십여 명을 보내왔다. 그 중에는 아버지처럼 엔지니어가 되겠다며 몇 년 전 펜서에 입사한 아서의 아들 션도 있었다.

"온다고 말도 하지 않고 오다니."

"깜짝 선물 같고 좋잖아요."

션은 서글서글한 웃음을 지으며 아버지를 한 번 끌어안았다 놓았다.

"……사실은 미리 말씀드리려고 했는데, 회장님이 비서님 통해 말씀하셨어요. 아무 말 하지 말고 가서 확 놀라게 해 드리라고."

"달에는 아직 심장 수술을 할 수 있을 만한 의사가 없는데, 내가 너무 놀라서 쓰러지기라도 하면 어쩌려고."

아서는 고개를 저으면서도 흐뭇하게 웃었다. 번듯하게 잘 자란 아들이 자랑스러웠고, 여전히 자신에게 친근하게 장난을 치는 샤오티엔 회장의 우정이 마음 뿌듯했다.

"아이고, 션. 오랜만이구나."

"안녕하셨어요."

"아니, 형님. 아들이 올 거라고 미리 말이라도 하지 그랬어요."

"나도 몰랐네. 그냥 불쑥 와버렸어."

"션 같이 든든한 아들을 둬서 늘 부럽습니다. 우리 애가 얼른 커서 아빠 일하는 거 돕는다고 달에도 오고 그러면 소원이 없겠네."

동료들은 어릴 때부터 얼굴을 보아 온 션을 보고 다들 반가워했다. 이러다 다른 젊은 친구들이 마음 상하는 게 아닌가 싶어, 아서는 일부러 션에게서 떨어져 다른 엔지니어들에게 말을 걸었다.

"안녕하세요. 트란 티 항입니다."

"아, 기억나는군. 탄소나노 개발 파트 쪽에서 일했었지요?"

"예. 달을 좋아해서 장차 달에서 일할 수 있을 것 같아서 펜서에 들어왔어요."

그중에는 예전에 모듈 제작 회의를 했을 때 탄소나노 개발 파트와 함께 왔던 젊은 엔지니어도 있었다. 햇볕에 살짝 그을린 얼굴에 서글서글한 표정으로 웃는 씩씩한 아가씨였다. 이야기를 하다 보니 션과 같은 대학을 나왔고 입사 동기이기도 해서 친하게 지낸다고 했다.

처음에는 그런가보다 했다. 얼마 지나지 않아 두 사람이 설계도가 든 태블릿을 함께 들여다보며 부지런히 일하는 모습이 자주 보였다. 그러더니 어느 순간 갑자기 결혼하겠다며 손을 붙잡고 왔다.

"아니, 이게 말이 됩니까? 나만 모르고 다들 알았다지 않습니까?"

당황하여 어쩔 줄 몰라 하는 아서를 보며 샤오티엔 회장은 화면 저 너머에서 박장대소를 했다.

"아냐, 내가 알기로 둘은 달에 가기 전까지는 그냥 대학 동창이었어. 달까지 가서 자네 아들이 연애를 걸었지."

"연애를 언제 했느냐가 아니라 나는 둘이 사귀는 줄도 몰랐단 말입니다."

"어쩔 수 없어. 원래 제 자식의 일을 가장 늦게 알게 되는 게 부모라지 않아. 그래서 며느리 될 아이는 마음에 들고?"

"제 마음에 드는지 안 드는지가 뭐가 중요합니까. 그래도 여기 와있는 젊은 친구들 중에 제일 똑똑하고 일을 잘 배워서 내심 예뻐하던 아이이긴 합니다."

"그럼 됐지. 다 큰 아들이 연애한다고 아빠한테 보고까지 해야 하나? 자네도 안 그런 것 같은데 고리타분하단 말이야."

그때까지만 해도 상상도 하지 못했다. 달에서 결혼을 하고 가족을 만든다는 의미를. 언젠가는 지구로 돌아갈 거라고 생각했고, 달은 잠시 머물렀다 가는 곳이라고만 생각했다. 하지만 션과 항의 생각은 달랐던 모양이었다.

"그나저나 션 그 녀석, 어릴 때부터 욕심이 많더니."

"예?"

"달에서 월궁항아와 결혼을 하겠다니, 욕심도 이런 욕심이 있겠나."

아서가 무슨 말인지 몰라 눈만 끔뻑거리자 샤오티엔이 껄껄 웃으며 종이에 달필로 항姮이라는 한자를 큼직하게 써서 들어 보였다.

"베트남에서 항이라는 이름은 원래 한자에서 온 이름이야. 달의 여신인 항아姮娥 말일세."

"그렇습니까?"

"항아에 얽힌 이야기는 여러 가지가 있지만 내가 좋아하는 이야기는 그거야. 항아의 남편은 원래 태양을 활로 쏘아 맞힌 영웅인데, 자신의 죄로 신의 지위를 잃게 되자 항아만이라도 신선의 지위를 되찾게 하려고 불사약을 먹이고 달로 보낸 후에 죽을 때까지 항아를 그리워했다고 해."

"그냥 둘이 사이좋게 사는 이야기 쪽이 좋았을 텐데요."

"신화라는 것이 원래 그렇지. 그래도 애틋하지 않나? 자네 아들도 달이 좋아 그곳에 갔으니, 달에서 부디 옥토끼 같이 귀여운 자식들 낳고 재미나게 살라고 전하게. 응?"

달의 여신과 같은 이름을 한 아가씨라니. 그 이야기를 듣고 보니 항이 달 이야기를 할 때마다 질리지도 않고 눈을 반짝이던 모습이 떠올라 웃음이 났다.

선과 항은 달에서 결혼식을 올렸다. 달에서 결혼한 첫 번째 커플은 아니었지만, 달에서 결혼을 하고 신접살림을 차린 첫 번째 커플이긴 했다. 항이 결혼식 때 손에 든 소박한 부케를 던지자 지구와는 조금 다른 궤적을 그리며 느릿하게 떨어졌다. 부케를 받은 것은 또 다른 커플이었다. 그 뒤로 몇 달마다 결혼식이 돌림노래처럼 이어졌다.

가족들이 생겨났다. 그 무렵부터 달 기지에 기숙사가 아닌 작고 아담한 집들이 들어서기 시작했다. 장기 거주자를 위한 곳이었다. 션은 아서에게 나란히 집을 얻어 이웃해 살자고 청했다. 항은 내년에 아이 돌보는 것을 도와달라는 말로 임신 소식을 알려 왔다. 손녀가 태어났다. 달에서 태어난 세 번째 아이였다. 디오티마라고 이름 붙였다.

달에서도 아이가 태어나고, 지구에서 아이를 데리고 달로 오는 가족도 생겨났다. 아이가 있는 집들은 학교를 중심으로 모여 살았다. 그들은 하루 일이 끝나면 아이들이 뛰놀고 어울리며 자라나는 모습을 보면서 어울려 다녔다. 그 순간만큼은 이 모든 시간들을 머리 위에 둥글게 떠 있는 지구와도 바꿀 수 없다고 생각했다. 그러나 모든 것이 덧없이 사라졌다.

친손주처럼 예뻐하던 아이들이 제 부모를 따라 지구로 돌아가다 모두 죽었다. 이웃해 살던 사람들이 우주암으로 세상을 떠났다. 지구에서 온 아이들은 서둘러 제 부모들과 함께 돌아갔고 남은 것은 월인 아이를 낳은 가족들 뿐이었다. 어떤 이들은 우주암에 걸려 죽어가면서도 마지막까지 아이에게 용기를 북돋워 주고 주변 사람들에게 아이의 앞날을 부탁했지만, 어떤 이들은 이런 곳에서는 더 이상 못 살겠다며 달에서 태어난 제 자식을 나 몰라라 하고 도망치기도 했다. 남은 사람들끼리 어떻게든 의지하며 살 수밖에 없다는 생각을 했을 때, 션이 우주암에 걸렸다. 항은 아이를 하나 더 낳겠다고 결심했다. 달 거주법이 통과되는 것은 시간문제라던 그때에

항은 서둘러 아이를 임신했다. 선이 우주암에 걸린 것을 알게 된 직후의 일이었다.

디오티마가 태어났을 때, 사람들은 아이의 앞날을 축복했다. 하지만 라테라사가 태어났을 때, 사람들은 그 결정을 쉽게 비난했다. 사람이 등을 펴고 똑바로 걷기에 적합한 표준중력과 사람이 숨을 쉬기에 적합한 대기권 안이라는 안전한 곳에서 사는 사람들이 너무나 간단히 비난을 쏟아내는 동안, 항은 갓난 라테라사를 품에 안고 열한 살인 디오티마와 나란히 서서 남편의 장례식을 치렀다.

"사람들이 저를 두고 어리석다고 욕하는 걸 알고 있어요. 하지만 이 막막하고 고독한 곳에 어떻게 디오티마를 혼자 둘 수 있겠어요."

션을 납골하고 돌아오던 길에 항은 조심스럽게 말했다. 아서는 고개를 저었다.

"그렇게 말하는 건 라테라사에게 몹쓸 말이다. 우리는 그래도 이곳에서 희망을 보았던 사람들이지 않느냐."

그 말을 듣고 항은 희미하게 웃었다. 하지만 그날 이후 항도 날이 갈수록 쇠약해졌다. 션과 같은 우주암이었다. 달의 여신 항아처럼 곱던 며느리는 우주암에 걸려 그믐달처럼 사위어가다 그 해를 넘기지 못하고 초하루 달처럼 저물고 말았다. 달을 사랑해서 죽어도 이곳에 묻히고 싶다고 늘 말하던 항은, 마지막의 마지막에 지구에 돌아가고 싶다고 말했다.

✦✦

 샤오티엔 회장은 웃고 있었다. 그는 노랗게 황달이 온 얼굴에 콧줄을 끼운 채로 침대에 누워서도, 평생 그래왔던 것처럼 좋은 패를 숨긴 도박꾼 같은 허세 가득한 웃음을 잃지 않고 있었다.
 "그렇게 아등바등 건강 관리를 해도 인생 겨우 팔십 년일 줄 알았으면 진즉에 자네를 보러 달에나 놀러갈 걸 그랬어."
 건강이 좋지 않다고는 들었다. 지난달에 통신을 거른 것도 무슨 수술 때문이라고 들었다. 슬슬 건강을 걱정해야 하는 나이지 하고, 그렇게 대수롭지 않게 생각하고 넘겼다. 그런데 화면에 뜬 것은 죽음을 앞둔 노인의 모습이었다.
 아서는 그와 자신이 같은 해에 태어났다는 사실을 새삼스럽게 떠올렸다. 최고참 엔지니어이자 펜서 우주개발의 임원 대우를 받고 있다고 해도 아서는 평범한 사람이었다. 별다른 이상이 없어도 분기마다 한 번씩 병원에 가서 기본 혈액검사를 하고, 먹어야 할 약들을 잊지 않고 챙겨먹고, 영양제 정도는 아침저녁으로 먹었다. 하지만 노화를 막기 위해 각종 호르몬 주사를 맞거나 신종 요법으로 몸을 관리하는 일은 없었다. 하지만 샤오티엔 회장은 달랐다. 그는 예순에 아직 사십대로 보였고 일흔이 넘어서도 여전히 젊고 건강해 보이던 사람이다. 설령 사고를 당한다 하더라도 현장에서 즉사하지만 않는다면 그를 살려내고도 남을 명의들이 24시간 번갈아가며 대기하고 있었다. 자신보다 먼저 이런 모습으로 자리에 누운 모습을 보게 될 거라고는 단 한 번도 상상해보지 못했다.

"어떻게 된 겁니까?"

"뭐, 갈 때가 된 모양이지. 그런 표정 지을 것 없어. 가는 데는 순서 없는 거니까."

정확히 여든이다. 나이가 들었다고 말할 수는 있어도 세상을 떠나기에는 아직 너무 이른 나이다. 그것도 샤오티엔처럼 늘 의사들과 비서들이 보살피고 관리를 하던 사람에게는. 아서는 믿을 수가 없어서 젊을 때부터 자신에게 수시로 몹쓸 농담을 해온 저 사람이 이번에야말로 작정을 하고 못된 장난을 치고 있는 거라고 생각했다.

아니, 이건 장난이 아니다. 이건 꿈이다. 3년 전, 샤오티엔 회장이 세상을 떠나던 그때의 일을 머릿속에서 반추하고 있는 거다. 꿈이라는 것을 알고 있다면 그 결말만이라도 바꿀 수 없을까. 아서는 샤오티엔을 향해 필사적으로 손을 내밀려 했지만 가위에라도 눌린 듯 몸을 움직일 수가 없었다.

그때 샤오티엔이 웃었다.

"이럴 줄 알았으면 하고 싶은 대로 다하고 살걸 그랬어."

"지금부터 하면 되잖습니까."

"이봐, 아서. 나는 달에 가고 싶었네."

웃고 있는데도 당장이라도 바스러질 듯 희미해 보였다. 처음 만났을 때부터 늘 기세 좋고 건장하며 성정이 강인한 사람이라고 생각했기에, 이렇게 연약한 모습을 보는 것은 낯설

고도 고통스러웠다.

"가끔씩 자네를 보러 달에도 놀러 가고, 거기에 한 서너 달 눌러 앉아서 자네를 번거롭게 하다가 돌아오고 싶기도 했네."

"오시면 되잖습니까!"

"하지만 사람들이 안 된다더군. 처음에는 환갑이 넘었는데 달에 간다니 그런 위험천만한 일을 어떻게 하느냐고 말렸어. 달 거주법이 나온 뒤에는 달의 중력은 건강에 좋지 않다더라, 노구에 그런 데 갔다간 큰일 난다고 말렸지. 나하고 같은 나이인 자네가 달에서 펜서의 공장들을 세우려고 나이도 잊고 힘쓰고 있는데도 말이야."

"회장님……."

"그래, 그런 말들에 내 몸뚱이를 아까워하다가 마음만 먹으면 달에 갈 수 있는 시대가 왔을 때는 정작 갈 수가 없게 된 거지. 자업자득이야. 자네를 그곳에 보내놓고 나는 그렇게 발 뻗고 누운 팔자 좋은 늙은이가 되어버린 거야."

"죽지 마십쇼."

헤실헤실 풀리는 실밥을 양쪽에서 잡아당기는 것처럼, 샤오티엔의 생명이 희미해지는 만큼 지구와 달 사이의 인연도 흐릿해져 가는 것 같았다.

"제발 죽지 말란 말입니다. 회장님 말고는 이제 지구에 나를 기다리는 사람은 없습니다. 날 그리워하는 사람도 없고요."

아서가 흐느꼈다. 샤오티엔은 조용히 웃다가 곁에 서 있는 비서에게 손짓을 했다. 비서가 화면 앞쪽으로 아서가 익히 알고 있는 작은 액자를 들어 보였다.

"이 사인 기억하나."

"예, 알지요. 몇 번이나 보여주셨잖습니까."

그 액자에 든 것은 낡은 엽서였다. 아주 오래전 아직 대학생이던 샤오티엔이 시험도 빼먹고 달려가서 받았다던 좋아하는 SF 작가의 사인.

"누군가는 그러더군. 그런 건 회장이 되고나면 얼마든지 손에 넣을 수 있지 않느냐고. 아니, 사인을 받는 정도가 아니라 아예 개인 만찬이나 티타임에 초청해서 그 작가와 몇 시간이고 이야기를 나눌 수도 있었을 거라고. 그러면 그 작가도 영광이라고 생각했을 거라고 말이야."

"그건……."

"근데 그게 아니야. 소중한 건 이 사인이 아니라 그때 그 좋아하는 마음 하나로 줄을 서서 기다리던 기억이지."

아서는 꼼짝도 할 수 없었다. 자신의 꿈속인데도 붙잡지도, 아무것도 바꾸지도 못한 채, 샤오티엔에게 들었던 마지막 말들을 속수무책으로 듣고 있을 수밖에 없었다. 그때 샤오티엔이 이를 드러내며 히죽 웃었다.

"내가 가져갈 것도 그 기억이야. 이건 자네에게 남겨주지."

"회장님."

"잘 있게, 아서. 난 자네를 정말 좋아했어."

마지막으로 작별 인사를 할 틈도 없이 샤오티엔이 먼저 작별을 고했다.

"다음에 보세나."

차마 대답하지 못하고 머뭇거리는 사이 화면이 꺼졌다.

샤오티엔의 부고를 받은 것은 사흘 후였다. 샤오티엔의 손자인 샤오싱이 아서를 찾아온 것은 그로부터 2주 후의 일이었다. 그는 월인으로 태어나 평생 달에서 살아가야 하는 아서의 두 손주의 앞날을 펜서에서 책임지고 싶다는 말과 함께 샤오티엔이 평생 소중히 여기던 액자를 가져왔다.

그 액자는 아서의 집, 아서가 집에 돌아가 안락의자에 등을 기대고 앉으면 바로 보이는 곳에 걸려 있다. 세상을 떠난 아들과 며느리가 어린 디오티마를 안고 웃고 있는 사진 바로 그 옆에.

"일어나, 할아버지. 대체 무슨 꿈을 꾸는데 울고 그래."

무뚝뚝한 목소리가 아서의 잠을 깨웠다. 아서는 천천히 눈을 떴다. 자다가 눈물을 흘렸던 것인지 습기가 남은 뺨이 따끔거렸다.

"……얼마나 더 가면 되나."

"한 시간쯤."

"그렇구나."

아서는 창밖을 내다보며 다이의 말이 맞는지 가늠해 보았다. 하늘은 어두웠지만 루나로드 위는 지구광으로 환했다. 거의 둥글어진 지구가 중천에 높이 떠 있는 것이 달의 앞면, 달기지 근처까지 다 왔다는 증거였다.

"지구……."

아서가 중얼거리자 다이가 흘끔 쳐다보았다. 꼬박 이틀 동안 아서는 자다 깨다 했고, 다이는 거의 말을 하지 않고 차만 몰았다. 달의 뒷면에서는 그렇게 몸의 물기를 다 짜내어버릴 듯이 울더니 말을 할 기운도 없는 건가 싶어서 몇 번인가 자신이 운전하겠다고 말했지만, 다이는 요지부동이었다. 올 때 혼자 올 수 있었으니 돌아갈 때도 혼자 운전해서 갈 수 있다고 대답했다.

고집쟁이였다. 예나 지금이나 그 사실만은 변하지 않았다. 하지만 어제오늘 그저 묵묵히 자신이 하려했던 일들을 하는 다이를 보며 아서는 깨달았다. '해가 지고 달이 뜨듯이' 자신은 늙고 아이는 이제 혼자 살아갈 수 있을 만큼 자랐다는 것을.

"가고 싶으면 가도 돼."

다이가 한 번 더 지구를 올려다보며 말했다. 지구에서 보던 보름달처럼 둥글게 떠오른 지구가 푸른빛과 초록빛으로 어우러진 채 빛나고 있었다.

아름다웠지만, 반드시 돌아가야 할 만큼 절실하지는 않았다. 생각해 보면 이곳에 온 후로 달의 앞면보다 뒷면에 머무른 시간이 더 길었다. 이제 지구는 그저 추억 속에서 아름다운 곳일 뿐, 막상 돌아가면 아무것도 없는 공허가 기다리고 있으리라는 사실을 아서는 알았다. 그는 고개를 저었다.

"지금 가면 다시는 이곳에 돌아오지 못할 것 같아서 말이야."

"괜찮아?"

"괜찮고 말고."

다이는 입을 꾹 다문 채 아서를 바라보았다.

"거짓말인 것 같으냐."

"할아버지가 괜찮다고 하면 그런 거겠지. 하지만 나하고 라테 때문이면…… 우린 괜찮아. 할아버지가 가고 싶으면 이젠 가도 돼. 나도 다 컸고."

다이의 말에 아서는 허허 하고 소리 내어 웃었다.

"아서라. 너 혼자서 일곱 살 난 사내애를 키우면서 살겠다고?"

"어떻게든 될 거야."

"그래, 너는 야무지니까 정말로 그런 상황이 닥치면 잘 해나가겠지."

"할아버지."

"너도 알겠지만, 나도 나이가 들었고 언제 무슨 일이 일어나도 이상하지 않아. 그럴 때마다 생각한단다. 네가 이만큼 잘 자라주어서 고맙지. 또 아직 어린 라테라사를 생각하면 네가 곧 성년이라는 게 그렇게 다행스러울 수가 없단다. 하지만 그건 그때 가서의 일이다. 지금 네게 떠넘길 만한 일이 아니라는 거야."

다이가 아서의 주름진 얼굴을 물끄러미 바라보았다. 아서는 아이의 얼굴에서 아비보다 먼저 세상을 떠난 션을, 달을 사랑하지만 지구를 그리워하며 죽어갔던 항을, 달의 뒷면에서 단 한 번 만났던 디오티마와 태양계의 모든 행성이 그 사이에 끼어들고도 남을 만큼 멀리 떨어져서도 마지막까지 자신을 향해 웃으며 농담을 던지던 샤오티엔 회장을 보았다. 아서가 알고 있는 수많은 사람들의 얼굴이 그 안에 있었다.

"뭐, 일단은 몸이 버텨준다면 말이지만. 지구에 돌아가면 한 일주일쯤은 재미있을지도 모르겠구나. 매일 날씨가 바뀌는 것도 재미있고, 헬멧을 쓰지 않고도 밖에 나갈 수 있는 것도 좋고, 사방에 작은 날벌레가 날아다니고, 발밑에는 개미가 돌아다니고, 영양액이 아니라 맨땅에서 아무렇지도 않게 질경이나 잔디가 자라는 것을 보며 새삼스럽게 감동할 테고. 하지만 그런 것들을 보면 볼수록 나는 달에 돌아오고 싶을 거다. 그리고 내 나이에 지구에 돌아가면 다시 달에 오는 건 아마 불가능하겠지. 그렇게 지구에 돌아가서 죽을 때까지 달을 그리워하는 게 뭐가 좋으냐?"

"달에 뭐가 있다고 그렇게 좋다는 거야. 엄마는 마지막까지 지구에 가고 싶어 했는데."

"거긴 이제 아무것도 없거든."

아서는 쓸쓸하게 웃었다. 그곳에는 가족도, 친척도, 친구도 없었다. 아서가 달에서 무엇을 했는지, 어떤 일들이 있었는지, 무엇을 감당하며 어떤 마음으로 살아왔는지, 무엇을 잃었고 무엇을 알게 되었는지, 그런 것을 이해할 사람은 아무도 없었다. 그곳에 돌아가면 아서는 24년 전에 유행하던 것밖에 모르는 촌스러운 노인네, 달의 여섯 배에 달하는 표준중력에 짓눌려 손가락 하나 마음대로 움직이지 못하는 무기력한 늙은이로 죽어갈 것이다.

"내가 해 온 지난 일들이나 잠시라도 내 것이었던 것들은 다 여기에 있다. 내가 해 온 일도, 회장님과의 기억도, 아들도 며느리도, 토끼 같은 손주들도."

무슨 일이 있어도 반드시 돌아가야 하는 곳이 있다. 그곳은 사랑하는 사람들과 그들과 함께 한 기억이 남아 있는 곳이다. 하지만 지구는 이제 아서에게 그런 곳이 아니었다.

달은 희망이었고 고통이었다. 꿈이었고, 꿈이 무너져 불 탄 자리에 남은 절망이었다. 하지만 아무리 고통스러워도 아서에게 남은 것은 모두 이곳에 있었다. 지구와 연결되어 있다고 믿었던 단 하나의 끈인 샤오티엔 회장마저 세상을 떠난 이후로 아서는 역시 자신은 이곳에서밖에 살 수 없다고, 이제 지구와는 남겨진 인연이 없는 사람이라고 생각했다. 설령 자신의 손으로 쌓아올린 것들이 무너지고, 사랑하던 것들이 해일에 휩쓸리듯 사라져 버려도, 어떤 사람은 지구를 등지고 선 채로 더 먼 우주를 바라보며 이곳에서 평생을 살아갈 수도 있는 법이다.

　그런 것을 희망이라고 부를 수 있다면, 이곳은 여전히 아서의 희망이었다. 아서는 아무리 말을 해도 못 믿겠다는 듯 뚱한 표정을 짓고 선 손녀를 향해 다시 한 번 말했다.

　"그런 표정할 것 없다. 내가 그리워하는 것들은 전부 이곳에 있으니까."

6

"너는 진짜 무슨 애가 겁도 없어서는!"

호쿨라니가 얼굴을 보자마자 소리를 질렀다.

"21세기도 다 끝나가는 지금, 혼자서 달의 뒷면으로 자아 찾기 여행이라도 다녀온 거냐고!"

"아, 진짜. 걱정하지 말라고 했잖아요. 할아버지 모시고 올 거라고."

다이는 느물거리며 웃었다. 호쿨라니가 머리를 쥐어뜯으며 앓는 소리를 냈다.

"너 진짜 내가 얼마나 걱정했는지 알아? 통신도 안 되지, 경찰에 신고도 했어!"

"알아요. 어제 제프가 이야기 하던데."

"그걸 알면! 넌 진짜……."

호쿨라니가 안경 너머로 눈만 굴리다가 팔을 확 뻗어 다이를 붙잡았다. 다이가 버둥거렸다.

"아, 선생님. 내가 애도 아니고……."

"넌 몰라. 달에 있는 미성년자는 관광객 아니면 너희 월인들 뿐이고, 어딜 가도 너나 너희 할아버지를 아는 사람이 한 둘은 있으니까. 하지만 난 말이야…….."

호쿨라니는 지그시 힘을 주어 다이의 팔을 꽉 쥐었다 놓았다.

"아직 어른이 되지 않은 여자아이들이 낯선 곳에서, 자기를 아는 사람이 아무도 없는 곳에서, 어떤 위험에 노출되는지 알아. 그래서 걱정했어."

"죄송해요."

"정말 심장 튀어나가는 줄 알았단 말이야."

호쿨라니는 말을 하며 애써 웃었다. 다이는 호쿨라니의 어깨에 머리를 기대며 강아지처럼 이마를 비볐다.

닷새 동안이라고 하지만 첫 이틀은 할아버지를 만나러 갔다. 그리고 공장 기숙사에서 하루를 묵고, 다시 할아버지를 모시고 이틀 조금 더 걸려서 집으로 돌아왔다. 돌아오는 길에 전에는 속으로만 품고 있던 이야기들을 많이, 생각보다 많이 했던 것 같다. 조금 울었고, 많이 웃었고, 그동안 물어볼 생각도 하지 못했던 할아버지의 감정에 대한 이야기도 들었다.

집에 돌아오는 차 안에서 할아버지가 주무시며 흐느끼던 모습을 다이는 아마도 평생 잊지 못할 거라고 생각했다. 지구에서 태어나 달에서 24년을 살아온 사람. 그리고 아마도 영영 지구로 돌아가지 않고 여기에 무덤을 남길 사람. 세상 사람들은 아서 우코에 대해 존경스럽다거나, 달 개척의 산 증인이라거나, 지구와 달을 통틀어 달에 공장을 짓는 기술을 가장 잘 아는 전문가라고 말하곤 했다. 하지만 다이가 본 할아버지는 지구의 역사 속 수많은 사람들이 그랬던 것처럼, 더 알고 싶고 더 나아가고 싶다는 마음으로 한 걸음을 내딛는 사람이었다.

할아버지는 존 H. 서얼, 디오티마 선장에 대해 바로 그렇게 말했다. 진화하는 영혼이라고. 하지만 그만이 특별한 것은 아닐 것이다. 그는 과거의 기억을 그대로 누적하며 앞으로 나아갈 수 있는 행운을 누렸지만, 아니, 정말로 그것이 행운인지는 알 수 없지만…….

"할아버지도 디오티마 같은 사람이었어요."
"응? 너?"
"아니, 존 H. 서얼요. 저기 달의 뒷면에 처음으로 유인 우주선으로 착륙한 사람. 그 사람 별명이 디오티마예요."
"그럼 네 이름은 그 디오티마에게서 따 온 거였어? 플라톤의 〈향연〉이 아니고?"
"예. 그렇다고 하더라고요."

세상이 몇 번이나 뒷걸음질을 치더라도, 온 세상이 붙잡고 놓아주지 않더라도, 누군가 자신이 다음에 내딛을 발걸음을 짚어 준 것처럼 확신을 갖고 앞을 보며 나아가는 사람들이 있다.

한 집안에서 처음으로 대학에 진학하고, 아직 남들이 해 보지 않은 일들을 고안하고, 집을 떠나고 나라를 떠나고 때로는 지구를 떠나면서, 그렇게 사람들은 조금 더 먼 곳으로 나아간다. 자신이 완전한 끝을 보지 못하더라도 언젠가는 닿으리라 믿으면서.

"그냥, 왜 그 사람 이름을 붙였는지 궁금했는데, 이번에 할아버지랑 이야기를 많이 했어요. 그러다 보니 할아버지가 왜 디오티마라는 사람을 좋아했는지도 알 것 같았고."

사실은 울부짖던 그 순간에 깨달았다. 다음 발걸음은 어디로 향해야 하는지를.

할아버지는 달에 가고 싶어 했지만 그 소망은 쉰여덟에야 이루어졌다. 엄마와 아버지도 마찬가지다. 그들이 태어났을 무렵에는 평범한 사람이 달에 가서 살 수 있다고 생각하지 못했을 터다. 호쿨라니 선생님도 자신이 고향을 떠나 뉴욕으로, 또 달로 이사를 다니며 살 거라고는 감히 상상하지 못했던 순간이 있었을 거다.

"제가 무엇이 되어야 할지도 좀 생각해 보았고요."

설령 달의 중력을 평생 벗어날 수 없다고 하더라도, 어떤 식으로든 기회가 오면 잡을 수 있는 준비는 하고 싶었다.

"그나저나 선생님. 혹시 제가 닷새 동안 수업을 빼먹고 사라지면 선생님한테 불이익이 있는 건 아니죠?"

"중요한 걸 참 빨리도 물어보는구나."

"어떡하죠. 우리 그냥 진로상담이나 할까요?"

"그냥 네가 담임을 하지."

"하지만 일단 할아버지가 일하는 곳에 다녀온 거잖아요? 진로상담이나 직업 체험을 핑계 대기에 딱 좋아 보이는데요. 그리고 실제로도 진로상담할 때가 되었고요."

"아, 그렇지. 너 진로상담…… 어떡하지?"

호쿨라니의 안색이 어두워졌다.

"빨리도 물어보시네요. 올해 고등학교 졸업시험도 봐야 하는데."

"고등학교 졸업시험이야…… 네가 마음먹고 답 사이로 마구 찍지만 않는다면 잘 보겠지."

"그럼 그 다음엔 어딜 가면 되죠?"

다이는 올해 열여덟 살이었다. 고등학교 과정을 공부하고 있고 졸업시험도 봐야 했다. 모의고사 성적은 훌륭했고 또래의 지구 아이들을 기준으로 생각해도 대학에 가기로 마음먹는다면 어지간한 대학에는 문제없이 진학할 수 있을 터였다. 여기에 월인이라는 지구와 달을 합쳐 다섯 명 밖에 없는 소수자라는 점, 달에서 자랐다는 특수한 성장 배경, 그리고 달에서의 여러 경험을 합하면 적어도 우주공학이나 그 관련 분야에서는 원하는 대학 중 어디에라도 갈 수 있었다.

달에는 대학이 없다는 결정적인 문제를 제외하면 말이다.

"미안……."

호쿨라니는 테이블에 납작 엎드렸다가 손으로 머리카락

을 쥐어뜯으며 부르르 떨었다.

"그래, 나도 알아. 원래 진로상담이나 진학지도 같은 거 할 때, 담임이 자료도 좀 챙겨 오고 해야 하는 거. 근데 지금 달에 뭐가 없다보니까 자료를 갖고 올 수가 없었어."

"흐음."

"하지만 일단 달 밖으로 나갈 수 없는 상황이다 보니 솔직히 뭘 해야 할지 잘 모르겠다. 네 생각은 어때? 너는 앞으로 뭘 해보고 싶은 거니?"

다이는 차분하게 말했다.

"먼 곳으로 가고 싶어요."

"응?"

"지금까지 제가 태어나서 본 사람들을 생각해 보면요, 다들 열심히 살았고, 집과 지구를 떠나 여기까지 온 사람들이에요."

다이는 사뭇 진지한 얼굴로 태블릿을 켰다. 그는 오늘 수업을 들을 교재가 아니라 그동안 생각했던 일들을 정리한 프리젠테이션 메모를 꺼내 놓으며 이야기를 시작했다.

"사실 수많은 사람들이 저한테 그랬어요. 너희는 월인이고 지구의 중력을 버틸 만큼 몸이 튼튼하지도 못하니 평생 지구에는 가보지도 못하고 여기 달에서 살아야 한다고. 뭐, 실제로도 지구에 갈 수 없다는 것은 알고 있지만, 그래도 정말 아무것도 할 수 없다는 식으로들 말했죠."

"아니, 잠깐. 네가 월인인 건 월인인 거고, 그건 아니지."

"제가 고등학교 과정을 신청하려고 세계우주기구에 갔더니 담당자가 그러는 거예요. 사실 네 나이 때의 평범한 아이들은 공부를 어떻게든 안 하고 싶어 하는 게 보통인데 너는 좀 괴짜인 것 같다, 너희는 평생 여기서 살아야 하는데 공부를 더 하려고 굳이 애쓰지 않아도 된다, 무엇을 하려고 애쓰지 않아도 된다고."

"야, 그게 무슨 말도 안 되는…… 그 인간 누구야? 아, 물론 새로 고등학교 과정을 개설하려면 행정 처리가 들어가야 하기는 하지만, 아무리 그래도 그렇지 교육받을 권리가 있는데. 담당자가 귀찮다고 애한테 그렇게 헛소리를 하면 어떡해."

"근데 그 사람만 그렇게 말한 건 아니었어요. 살면서 만난 정말 많은 사람들이 그랬죠. 심지어는 예전에 만난 선생님 중에도 있었어요. 나중에 통신교육으로라도 공부를 더 해야 할까요 하고 물어봤더니 그러는 거예요. 아무것도 안 해도 된다, 월인은 지구로 갈 수 있는 것도 아닌데 괜히 고생스럽게 무의미한 짓을 할 필요 없다, 그냥 보호를 받으면 된다, 그런 말을 눈도 하나 깜짝 안하고들 하더라고요. 하지만 말이에요, 지금까지 저에게 공부를 가르쳐 주신 선생님들은 전부 대학을 나오고 대학원에서 우주와 관련된 전공을 하고, 교수님을 따라 달에 오거나 박사 학위를 마치고 연구원이 되어 달까지 오셨죠."

"그렇지."

"우리 할아버지도, 할아버지의 동료들도 다들 엔지니어고, 월면 신소재 개발을 하는 분들이죠. 제가 확신하진 못하지만 지금 달에 와있는 지구인들은 지구인 전체를 두고 봤을 때 지적 능력으로는 최상위권에 있는 사람들일 거예요. 그렇지 않아요? 길 가는 사람 아무나 붙잡아도 우주물리학으로 석사 이상을 연구한 사람을 만날 수 있는 곳에서 제가 월인으로 태어났다는 이유만으로 더 공부할 필요가 없다는 말을 듣는다면, 그거야말로 제가 지구인들에게 만만한 애완동물 취급을 당하고 있다는 뜻으로 봐야겠죠. 그런 말을 하는 사람들은 사실은 우리를 그냥 지구로 데려가서 저중력 환경을 인위적으로 만든 동물원 같은 걸 만들어서 거기다 처박아 놓고 싶은 것 같아요. 그 따위로 무시하니까 달에다가 방사성폐기물 같은 걸 갖다 버릴 생각도 하는 거고."

"네 말이 틀린 건 아닌데 역시 표현이 너무 심해."

호쿨라니는 고개를 끄덕이며 다이가 펼쳐놓은 프리젠테이션을 들여다보았다.

"하지만 공부를 계속 하겠다는 네 의지는 아주 좋아. 또 어디 보자. 월인의 보호를 위해 필요한 조치가 있다면 세계우주기구에서 그 문제를 논의할 수 있다는 조항이 있고…… 좋아, 절차를 밟아서 일을 처리하되 안 되면 기습 시위를 하겠다는 계획에도 동의해."

호쿨라니가 다이를 쳐다보며 물었다.

"지금부터 내가 뭘 도와주면 될까?"

✦

열흘 뒤.

"닷사대학은 전 세계에서 우수한 학생들을 모집하고 있어. 정확히 말하면 현재까지는 '달을 제외한' 전 세계이지만 말이야."

닷사대학 우주물리학과 교수인 리즈 파이는 커다란 텀블러에 가득 담긴 커피를 홀짝이며 호쿨라니와 다이를 맞이했다.

"그러면 교수님이 우리 선생님의 박사 논문을 지도해 주신 교수님이세요?"

"그건 아니고 여기까지 오는 교수들도 연구 말고 각자 맡은 일이 있거든. 원래 우주에 오면 한 사람이 여러 몫을 해야 하는 법이잖아? 그래서 내가 이쪽에서 학생처장 대행 비슷한 일을 하고 있어."

"잘 부탁드립니다, 교수님."

"달에서 학생처장이 할 일 같은 건 없을 거라고 생각하고 오케이 했는데, 달에서 신입생을 받는 문제로 고민하게 될 줄은 몰랐네. 아니, 어차피 입학시험 같은 건 지구와 통신을 연결해서 치를 거고, 여기 대학의 네트워크 속도는 민간에서 쓰는 것과 다르니까 딜레이도 얼마 안 될 거야. 문제는 달에서 대학에 다니는 게 가능하냐는 건데……."

리즈는 텀블러를 내려놓고 단말기로 어딘가에 메시지를

보냈다. 답신은 곧 돌아왔다. 리즈는 가까이에 있는 의자를 끌어다 털썩 주저앉아서 잠시 생각에 잠겼다가 다시 긴 메시지를 보냈다.

두 번째 대답이 돌아오기를 기다리며 리즈가 물었다.

"그래서, 네 목표는 뭔데?"

"예?"

"그냥 '월인 최초로 대학에 간다'가 목적인지 묻는 거야. 달에서는 일단 갈 수 있는 대학을 만드는 데서부터 시작해야 하니까 '대학에 간다'가 목적이라고 해도 딱히 문제될 일은 없지. 여자나 유색인종이 처음 대학에 갔을 때도 일단은 갈 수 있는 자리를 만들어 나가는 것부터가 큰일이었어. 하지만 그걸 넘어서 기왕이면 '최초로 대학에 간다'는 것 이상의 무언가가 있으면 더 좋고."

리즈가 안경을 올리며 다이를 쳐다보았다. 지금 다섯 명밖에 안 되는 월인 아이들의 교육은 대부분 닷사대학을 통해 이루어졌고, 리즈는 월인 아이들을 직접 만난 적은 없지만 그에 관한 보고는 받고 있었다. 아니, 그렇지 않더라도 다이는 워낙 유명한 아이여서 열흘 미만으로 머무르다 돌아가는 관광객이라면 모를까, 여기서 살고 있는 사람이라면 다이에 대해 모를 수가 없었다.

어떤 사람들에게는 다이가 관광객을 방해하는 말썽꾸러기 혹은 걸핏하면 세계우주기구 앞에서 항의를 하는 월인 꼬마로 알려져 있지만, 다이의 그런 점을 좋게 생각하는 사람들의 숫자도 만만치 않았다. 리즈로 말하자면 명백히 후자였다. 달에서 태어나 달을 떠날 수 없다고 법률로 결정지어진 아이가, 달의 운명을 결정하는 일에 월인의 의견을 묻지 않는다는데 항의하고 관공서 앞에서 자기 의견을 펼친다는 것 자체가 그냥 남들이 정해주는 대로 살아가지 않겠다는 의지의 증거였다.

"죄송하지만 제가 뭐가 되고 싶은지 아직 모르겠어요. 하지만 계속 생각하는 중이에요. 며칠 전에는 할아버지가 일하는 공장에 다녀왔는데 아직 달의 뒷면에는 더 찾아낼 것도, 연구할 것도 많이 있을 것 같았어요. 그런데도 지구인들은 자기들 눈에 보이지 않는 뒤탈 없는 안전한 쓰레기통 정도로 달을 생각하는 것 같지만요."

"그런 부분이 있지. 사실 지구에서도 그걸 반대하는 사람이 많이 있어. 여기 뉴스에서는 나오지 않지만. 그러면 역시 공학 쪽인가. 달의 자원개발이라든가 우주환경 쪽이나."

"그것도 있고요. 달의 가치도 모르고, 여기에도 사람이 산다는 생각도 안 하고, 달에 관한 일을 멋대로 결정해도 된다고 생각하는 지구인들에게 달의 운명을 맡겨놓으면 안 될 것 같다는 생각도 했어요. 호쿨라니 선생님이 농담처럼 말씀하셨지만, 언젠가는 정치 같은 것을 생각해야 할지도 몰라요. 월인이 다섯 명밖에 안 된다고 해도, 여기서 숫자가 늘어나는 일은 결코 없을 거라고 해도, 누군가는 월인의 권리에 대해 말을 해야 하잖아요."

"음, 쉽지 않은 이야기를 하는군."

리즈가 웃었다. 호쿨라니가 걱정스러운 표정으로 다이를 쳐다보았다. 다이는 짐짓 여유 있는 체 하며 느긋하게 대답했다.

"월인이 지구에 갈 수 없다면 여기 달이나 우주에서 무슨 일을 할 수 있을지 계속 생각했어요. 하지만 무려 세계우주기구에서도 결론을 못 내린 일이다 보니, 제가 공부를 계속한다는 건 바로 그 문제부터 고민해야 한다는 이야기가 될 것 같아요. 하지만 공부를 계속하는 데도 문제는 많죠. 세계우주기구에서도 저 하나를 대학에 보내기 위해 대학 과정을 만들어야 한다고 하면 또 난색을 표할 거예요. 고등학교 때도 그랬으니까."

"그러니까 오늘 여기 온 건, 나에게 어려운 부탁을 하러 온 거라는 거지? 그렇지? 대학에 가고 싶으니 어떻게든 받아달라고. 맞니?"

"아뇨."

다이는 가방에서 태블릿을 꺼냈다. 그리고 지난 열흘 동안 이에와 타우 지구를 돌아다니며 조사한 설문 내역을 불러왔다. 통계 프로그램으로 정리된 내용을 보기 좋게 띄우고서 다이는 리즈를 바라보았다.

"어쩌면 세계우주기구나 닷사대학에서도 통계를 내보셨을지 테지만, 제가 접근을 할 수 없어서 따로 조사했어요. 표본집단의 숫자는 500명 정도인데 만약에 교수님께서 이 일을 긍정적으로 봐 주신다면 추가 조사를 해서 세계우주기구에 들고 갈 때는 좀 더 그럴듯한 자료로 만드려고 해요."

"모집단은 뭔데?"

"달에 와있는 성인 인구 전체요."

"그럼 됐어. 100만 명 정도니까 오차범위 95%에 신뢰도 ±5%라고 하면 표본 자체는 충분해. 그래서 이게 뭔데?"

"달에 와있는 사람들은 대부분 다중언어 구사자이고 석·박사 이상의 학력이에요. 지구 기준으로는 평균을 한참 상회할 정도로 공부를 많이 한 사람들이죠. 저는 이런 사람들이라면 지금도 공부를 더 할 기회만 있다면 더 하고 싶어 할지도 모른다고 생각했어요. 그래서 이 사람들에게 만약에 다시 대학에 다닐 수 있다면 어떤 공부를 하고 싶은지, 지금 하고 있는 일에는 어떤 공부가 필요한지, 지금 공부를 하기 위해 필요한 것은 무엇인지 조사해 봤어요. 그랬더니 많은 분들이 가능하면 업무와 관련된 학부 과정을 듣고 싶다거나 지구에서라면 학점은행으로 연계가 될 거라고 말씀하셨고요."

"뭐, 원래 사람들은 새해가 되면 공부하겠다거나 운동하겠다는 말을 입에 달고 사는 법이야. 나만해도 그런걸."

"그래도 막상 학부 과정이 열린다면 들으려는 사람이 적지 않을 겁니다. 아까 교수님께서도 말씀하셨죠. 원래 우주에서는 한 사람이 여러 몫을 해야 하는 법이라고요."

이번에는 호쿨라니가 태블릿을 열었다. 호쿨라니가 가져온 자료는 닷사대학 학생처에서 받아 온 달에서 대학원에 다니는 사람들에 관한 통계였다.

"이건 선생님이 도와 주셔서 여기 대학에서 받은 자료예요. 확인해 보니 석사 과정을 공부하면서 교수님을 따라 달에 오신 분도 있지만, 여기서 일하다가 공부가 필요해서 석사 과정에 등록하는 분도 있고 지구에서 공부를 하다가 잠시 중단했는데 달에 와서 학점을 연결해서 다시 공부하시는 분도 계셨어요. 교수님, 이미 닷사는 달에서 초등학교에서 고등학교까지의 교육을 맡아 운영해 왔고 정규 대학원을 운영하고 있습니다. 그렇다면 학부 과정만 만들어 주시면 달에서의 교육 전체를 닷사가 맡게 되는 거예요."

"그리고 나에게는 어마어마한 일거리가 떨어지겠지."

리즈가 팔짱을 끼며 웃음 지었다.

"한 지역의 교육 전체를 독점한다는 게 경우에 따라서는 굉장히 매력적일 수도 있지만 말이야, 여긴 월인이 다섯 명밖에 없어. 네 동생인 라테라사가 초등학교를 졸업하면 초등학교 과정은 사라질 거야. 닷사 입장에서는 그렇게 미래가 있는 사업은 아닐 수도 있는데 그건 어떻게 생각해?"

"법은 항구적인 게 아닙니다."

"사람 목숨이 달린 일은 항구적일 수도 있지."

"인간이 언제까지나 지구에서만 살지는 않을 테니까요."

"달에서는 사람이 생명을 유지하는 데만도 어마어마한 비용이 들어."

"저나 다른 월인들은 지구에는 영영 가지 못하겠지만, 아마도 더 먼 우주에서 장기간 미소중력에 노출되는 데에는 훨씬 잘 적응할 겁니다. 적어도 달의 뒷면에서 지구광만 안 보여도 우울증에 걸리는 지구인보다는요. 그때가 되면 사람들은 월인이나 우주정거장에서 태어난 아이들이야말로 우주에서 살아갈 첫 세대라고 생각하게 될 지도 몰라요."

"상당히 급진적인 생각을 하는구나?"

"사실이니까요. 왜 달 기지는 저렇게 하늘 높이, 늘 지구가 보이는 곳에 만들어졌을까요. 교수님께서는 여기에서 지구가 보이지 않는다 해도 지구를 그리워하며 우울증에 걸리지 않을 자신이 있으신가요?"

리즈는 그 말을 듣고 웃음을 참으려다 기침을 하기 시작했다. 호쿨라니는 걱정스러운 표정을 지었지만 다이는 침착하게 하려던 말을 계속했다.

"달에서 태어난 저는 갈 수 없는 지구에 대한 호기심과 박탈감은 있지만 지구가 보이지 않는다고 우울증에 걸리진 않아요. 만약에 지구에 남는 것보다 달이나 우주에서 사는 것이 더 나은 선택이 되고 미소중력이 우주에서의 표준중력이 되면, 그리고 우주로 나가는 데 달이 더 유리하다고 모두가 생각하게 되면, 그때는 사람들이 달에서 아이들을 키우려 할 겁니다. 지구에 돌아갈 수 없다는 문제가 있으니까 여기서 아이를 낳진 않더라도 어려서부터 우주 환경에 적응시키겠다며 중고등학교 때부터 달로 유학을 보낼 수도 있고요. 아니, 우주로 가는 건 제 관심사일 뿐이지만, 달에서 태어난 누군가는 우주암을 치료하는 의사가 될 지도 모르고 누군가는 지구의 중력을 벗어난 철학을 할지도 몰라요. 저처럼 달에 쓰레기를 갖다 버리지 말라고 시위를 하거나 인권운동을 할 수도 있고요. 그렇게 되면 달에서 태어난 아이들도 숨만 쉬어도 막대한 비용이 들어가는 애지중지 보호만 받는 장식품 같은 존재가 아니라, 자기가 원하는 일을 할 수 있는 존재가 될 수 있을 거예요. 저는 사실 닷사도 이 문제에 대해 계속 고민하고 있었을 거라고 생각했어요."

"자신만만하네. 그렇게 생각한 근거는?"

"지금 적지 않은 비용과 시간을 들여서 월인에게 고등학교까지의 교육을 제공하는 이유가 그저 세계우주기구의 부탁 때문이라거나 닷사대학의 자선사업이어서만은 아닐 테니까요."

리즈는 대답하지 않았다. 뭐라도 말을 하면 그 다음에 할 말을 부지런히 찾아서 대답할 텐데 아무 말도 이어지지 않는 것이 더 부담스러웠다. 리즈가 침묵을 지키는 동안 그저 생글생글 웃으며 기다릴 수밖에 없다는 것도. 심장이 요란한 소리를 내며 뛰었다. 입이 바싹 말라왔다. 다이는 소리를 내지 않으려고 애쓰며 마른침을 삼켰다.

"말은 잘 하는군. 호쿨라니."

심장이 터지기 직전이 다되어서야 리즈가 입을 열었다.

"이 친구 진학지도 한 거 있어?"

"모의고사 성적으로 시뮬레이션 넣어 본 게 있어요. 구체적으로 학교를 정해서 지도하지는 못했습니다. 대학은 다 지구에 있는데 헛바람 넣을 수는 없어서."

"이리 줘 봐."

리즈는 호쿨라니에게 받은 데이터를 들여다보다 다시 시뮬레이터 프로그램에 넣어보며 수치를 조정했다. 그리고 또다시 생각에 잠겼다. 호쿨라니는 잔뜩 긴장한 다이의 어깨를 툭 치며 속삭였다.

"네가 수업을 듣고 싶다고 해도 닷사의 수업을 따라올 능력이 되어야 받아 줄 수 있어서 그래."

"선생님 생각은 어떠세요?"

"충분히 가능해."

"디오티마 우코, 네 그 파일도 이리 전송해 봐."

제 이름이 불리자 다이는 화들짝 놀라서 일어났다. 호쿨라니가 낮게 웃었다. 다이가 파일을 전송하자 리즈는 파일을 열어 맨 첫 페이지와 끝 페이지를 확인하더니 손끝으로 테이블을 톡톡 두드리기 시작했다.

"하여간 번거로운 애를 데려왔어. 그냥 대학 수업을 듣게 해달라거나 대학에 가고 싶다고 부탁하러 왔으면 청강생 자격으로 바로 등록시키고 학점 채우면 위원회 열어서 학사 학위도 만들어 줬을 텐데. 어린애가 통도 크지, 아예 대학을 만들어 달라니."

"월인이 저 하나만 있으면 모르겠는데 제 밑으로 넷이나 더 있으니까요."

"그래, 스케일이 크기도 하구나. 그러면서 지구인들 핑계까지 대고. 요령이 좋아."

"저희 옆집에 사는 경찰 아저씨가 그랬거든요. 원래 복지라는 건 그게 없으면 안 되는 사람을 위해 만들어지지만 그 혜택은 많은 사람이 다 같이 누리는 거라고요. 월인을 위해서 만들지만 결국 혜택은 여기 와있는 지구인들이 더 많이 누리게 될 겁니다."

"조목조목 다 맞는 말이라서 듣는 내가 미치겠구나."

"닷사대학도 '최초로 우주에서 신입생을 모집한 대학교'라는 명예를 가지게 되어 좋지 않나요?"

"고양이 쥐 생각하는 청소년이네. 알았다, 알았어. 세계우주기구에는 내가 가서 말할 테니 너희는 가봐도 돼."

인사를 하고 조심스럽게 방을 나섰다. 문이 닫히는 그 순간까지 리즈는 마치 들으라는 듯이 투덜거렸다.

"달에서는 그냥 놀고먹고 연구만 하려고 했는데. 인생이 뜻대로 되는 게 하나도 없네."

다이가 다시 걱정스럽게 문을 돌아보자 호쿨라니가 낄낄 웃으며 다이의 어깨에 팔을 둘렀다.

"걱정 마. 원래 교수님은 새로 프로젝트 하는 거 되게 좋아하셔."

"……저게 지금 좋아하시는 거예요?"

"응, 좋아하시는 거 맞아. 그나저나 너 정말 교수님께 한마디도 안 지고 떠들더라."

"그래요?"

"혼자서 달의 뒷면에 운전해서 간다기에 20세기에나 유행했다는 자아 찾기 여행이라도 갔나 했더니."

"그런 거 아니라니까요."

"그런 것치곤 갑자기 확 변한 것 같아서 그러지. 대체 무슨 일이 있었던 거야? 뭔가 깨달음이라도 얻었어?"

다이는 어깨를 으쓱거렸다.

달의 뒷면에 갔다고 해서 무언가 변하는 것은 아니다. 자신의 이름이 누구에게서 왔는지, 그에 대해 천착한다고 해서 자신의 인생이 달라지지도 않는다. 다만 쏟아지는 햇빛을 받고 황금빛으로 빛나던 루나로드의 끝에서 올려다 본 하늘에는 지구 같은 것은 아예 보이지도 않았다.

자신의 유전자가 온 곳이자 자신을 달에 묶어놓은 '표준'의 세계는 그 어두운 하늘에는 없었다. 하늘 위에 지구의 편린이라도 보이지 않으면 우울증에 걸려버리고 만다는, 지구의 중력에 묶여 있는 사람은 결코 알 수 없는 어떤 감각이 있다. 다이는 지구를 등지고 나아가는 그 다음을 생각했다. 아무것도 뿌리를 내리지 못하는 달의 대지 위에서 그저 앞으로 뚜벅뚜벅 걸어갔다는 자신과 같은 이름을 가진 사람을 생각했다.

반드시 그런 사람이 되어야 한다거나, 이름을 물려받았다고 해서 어떤 소명을 이어받아야 한다고는 생각하지 않았다. 그런 것은 자신의 아들이나 손자에게 이름을 물려주었다는 지구인들도 감히 진심으로 바라지는 못했을 테니까.

하지만 그 아무것도 없는 곳에서 누군가가 만들어 놓은 길을 따라 걷는 것이 아니라, 그 다음을 바라보는 사람이 되고 싶었다.

디오티마라는 이름이, 수천 년 동안 계속 앞으로 걸어가며 진화하는 영혼이라는 뜻의 그 이름이, 갈 수 있는 가장 먼 곳을 바라보라는 할아버지의 축복이라면.

"원래 애들은 쑥쑥 자라는 법이니까요."

"……그게 네가 할 말이냐."

7

 우주왕복선이 달에 가까워지자 우주 스테이션 디오티마의 부역장 지온 훗첸플로프는 넋을 잃은 채 창밖을 바라보았다. 랩톱을 열고 서류를 확인하던 나머 준은 지온의 옆모습을 보고 문득 미소 지었다. 하늘 멀리 아득하게 보이던 지구가 혹은 달이 점점 커지며 다가오다가 마침내 그 중력에 휘말리는 감각은 몇 번을 경험해도 안심이 됐다. 만약에 영원히 우주를 떠도는 삶과 중력 안에서의 죽음 중 하나를 택해야 한다면, 반드시 지구의 중력에 휘말려 죽는 쪽을 택하고 싶을 만큼.

 출장 기간은 짧았다. 지구에서 달까지 오는 것만큼 거창한 일정도 아니었거니와 세미나 하나와 레드래쿤 이사 딸의 결혼식, 이 두 행사가 전부였다. 도착 후 간단한 수속을 마치고 아직 어리둥절해하는 지온을 이끌어 공항에서 트램을 탔다. 달 기지의 번화가인 타우 지구에서 내리자 멀리 세계우주기구의 건물이 보였다.

"오늘 세미나는 저기야. 세계우주기구. 일단 오늘 오후 14시에 있는 세미나부터 참석해야 하니까 바로 호텔에 짐부터 풀고 가는 게 시간이 맞겠다."

"로에이 호텔이죠? 위치는 미리 확인해 뒀습니다. 근처이긴 한데, 택시를 탈까요?"

지온은 지도를 확인하고 다시 주변을 살펴보며 말했다.

"걸어서 갈까? 길 찾을 수 있겠어?"

"걸어서 15분 정도라고 하는데요."

"가깝네. 그럼 걸어서 갈까?"

평범하게 대화를 나누고 있었지만 지온의 목소리는 평소보다 한 톤 정도 올라가 있었다.

'역시 달이라는 거겠지.'

나머는 조용히 웃었다. 지난 생의 마지막에 지니어스 쌍둥이와 함께 달의 뒷면에 착륙할 때에도 그랬다. 바이오컴퓨터를 현재의 모습으로 발전시킨 스카와 루이스가 그 순간만큼은 크리스마스 선물을 풀어보는 어린아이 같은 표정을 지으며 창문에 매달려 있었지. 사실은 그때 조금이라도 실수하면 위험할 수 있다고 '디오티마'는 모든 계산을 다시 점검하고 있었는데도.

아주 오래 전, 그 고대의 누군가가 달의 뒷면을 보고 싶다고 생각했다. 모든 산을 오르고 싶다고 생각했다. 대를 이어서, 다음 세대로, 자식의 자식으로 이어지는 무언가가 아니라 오롯이 자기 자신으로서 그 모든 것을 알고 싶다고 생각했다. 그 간절한 마음이 여기까지 이어졌다. 수많은 생을 거듭하면서 바로 여기 달까지.

"앗, 저기……."

로에이 호텔을 향해 걷던 지온이 나머의 팔을 툭 건드렸다.

"함장님, 저기……."

"응?"

호텔 옆 방송사 건물에 걸린 거대한 전광판에 뉴스가 나오고 있었다.

그것은 우주망원경이 설치된 EL2 라그랑주 점✦에서 근무하는 펜서 우주건설의 엔지니어들에 관한 소식이었다.

"저 사람 이름이 디오티마인 거죠?"

화면에는 화장기 없는 가무잡잡한 얼굴의 젊은 여성이 새로운 우주망원경을 위해 개발한 신소재에 대해 설명하고 있었다. 나머는 전광판을 올려다보다 희미하게 웃었다.

✦ **라그랑주 점Lagrangian point** 인공위성이 지구와 달에 대해 정지한 위치를 갖는 것처럼, 질량이 큰 두 천체가 공통의 중심점을 가지고 원형 궤도를 움직일 때, 두 천체에 비해 질량을 무시할 수 있는 작은 천체가 이들 두 천체에 의한 중력과 궤도를 유지하기 위한 원심력이 평형을 이루는 지점으로, 작은 천체가 두 천체에 대해 정지 상대, 즉 상대적으로 동일한 위치를 유지할 수 있는 지점이다. 질량이 큰 두 천체 사이에 다섯 곳이 존재한다. 조제프루이 라그랑주가 삼체문제(세 개의 천체간의 상호작용과 움직임을 다루는 고전역학 문제)를 연구하던 중, 세 물체 중 하나가 다른 두 물체보다 매우 가벼운 예외적인 경우의 움직임을 계산하다가 발견했다.

"디오티마 우코."

"우코라면…… 잠깐, 우코? 라테라사랑 성이 같잖아요?"

"그래, 라테라사의 누나일거야."

"라테라사에게 누나가 있었다고요?"

그 말을 듣자마자 지온은 전광판을 올려다보고 고개를 갸웃거리며, 역시 라테라사와 좀 닮은 것 같기도 하고 아닌 것 같기도 하다고 중얼거렸다. 나머는 대체로 침착한 편인 지온이 쩔쩔 매는 모습을 보고 키득거렸다.

"응, 나랑 같은 나이인데 지금 생존해 있는 월인 중에 제일 나이가 많아."

"월인이라고요? 아, 라테라사의 누나면 월인일 수도 있겠구나…… 그런데 원래 월인은 달 밖으로 나가면 안 되는 것 아니었습니까?"

"반만 맞지. 표준중력에 노출되면 위험하니 저중력 M 구간에서 살아야 한다, 지구로 와선 안 된다는 건데, 애초에 법을 만들 때 이걸 '월인은 달을 떠나면 안 된다'라고 해버렸나 봐."

"법을…… 잘못 만들었던 거네요."

"지구인들이 법을 만들었으니까. 월인의 입장은 들어보지 못했겠지. 근데 세계우주기구도 할 말은 있었어. 그 법을 만들 당시 월인은 다 어린아이들이었거든. 우주기구 입장에서는 저 어린아이들이 혹시라도 달 밖으로 나갔다가 부모를 따라 지구로 가겠다고 하면 안 되니까 아예 달을 떠나지 못하게 규정했던 모양이야. 그 규정을 저 사람이 바꿨지."

지온이 다시 고개를 끄덕거렸다.

"그래서 라테라사가 밀항씩이나 할 수 있었던 거군요. 겁도 없이."

"그리고 그 법 덕분에 우리가 라테라사를 보호할 수 있었던 거지. 법이 개정되기 전까지 월인은 저중력 M이 유지되는 우주정거장에서도 머무를 수 없었으니까."

"아하."

나머는 다시 화면을 올려다보았다. 고글 너머로 총명하고 고집 세 보이는 눈빛이 선명한, 자신과 같은 나이의 젊은 여성이 우주망원경을 조작해 더 머나먼 우주를 화면에 비춰주고 있었다. 마치 그 옛날 '디오티마'가 달의 뒷면을 꿈꾸었던 것처럼, 저 사람은 저 먼 우주를 꿈꾸고 있었다. 가슴이 두근거렸다.

"나는 물론 라테라사의 누나를 직접 만나 본 적은 없지만 말이야, 정말 대단한 사람이라고 들었어."

"어떤 사람이길래요?"

"이미 중고등학생 때부터 월인의 권리운동이나 환경운동도 하고."

"환경운동?"

"응, 달의 뒷면에 쓰레기 매립지 만드는 것을 반대하는 운동을 했던 사람이야. 월인이 공부할 권리, 일할 권리, 그저 지구에 못 갈뿐 지구인과 똑같은 사람이라고 인정받을 권리를 주장하고 다녔고. 닷사우주대학에 찾아가서 달에도 대학 학부 과정을 만들어 달라고 한 것도 저 사람일 걸?"

"헤에……."

"지온도 닷사 나왔잖아. 몰랐어?"

"달에 학부를 만들었다는 이야기야 알죠. 저 대학 막 들어갈 때도 들었었는데……."

"응, 그런데 왜?"

"아니, 그냥. 월인이 대학에 간다는 데 대해 이런저런 생각이 들어서요. 투쟁해서 얻어낸 결과라고 해도, 그건 그냥 평범한 제도권으로의 편입이 아닌가 싶어서."

"그렇다고 해도 그 싸움에는 의미가 있었을걸."

"그럴까요?"

"응, 그럴 거야. 적어도 흑인이나 여성이 처음으로 대학에 가거나 참정권을 인정 받기 위해 싸웠던 것 만큼은."

"아……그렇게 말씀하시니까 바로 이해가 가네요."

"그렇지?"

26년 전, 나머 준이 아직 존 H. 서얼이라는 이름이었을 때.

이 달의 뒷면에 내려앉아 압도적인 고독 속에서 길을 잃었을 때.

그때 자신을 알아보고 다시 한걸음 나아가라고 말해주던 사람이 있었다.

아마 저 사람도 그런 말을 계속 듣고 자라왔겠지. 달의 중력을 벗어날 수 없는 월인이 지구를 꿈꾸는 대신 더 먼 우주로 눈을 돌리고, 지금껏 가보지 못한 다음 한 걸음을 나아갈 수 있을 만큼.

"앞으로 똑바로 걸어가는 사람일 거야. 저 디오티마는."

나머 준은 커다란 전광판 속에서 인류의 그 다음에 대해 말하는 젊은 과학자를 바라보며 문득 중얼거렸다.

진화하는 영혼, 그런 거창한 이름이 아니더라도.
그저 작은 한 걸음을 똑바로 내딛을 수 있는.

"가자, 지온. 미적거리다간 세미나에 늦겠어."
그것이야말로 온전히 자신으로서 살아갈 수 있는 길일 테니까.
저 아득한 달의 뒷면에서도, 결코 길을 잃지 않은 채로.

《달의 뒷면을 걷다》 설정 소개

《달의 뒷면을 걷다》 설정 연표

+ **2001년** 샤오티엔 탄생.
  아서 우코 탄생.
+ **2025년** 아서 맥스웰, 헥시틸린 인더스트리얼 회장 제임스 맥스웰의 장남으로 탄생.
+ **2030년** 존 H. 서얼(디오티마) 탄생.
+ **2045년** 스카 지니어스, 루이스 지니어스 탄생.
+ **2056년** 달 개발 시작. 최초의 달 기지 건설 시작.
  펜서 우주건설의 샤오티엔 회장, 달 기지용 모듈 생산 지시.
+ **2060년** 펜서 우주건설사 엔지니어 아서 우코, 달의 뒷면에서 유리 공장 계획에 착수.
+ **2061년** 펜서 우주건설사의 션 우코, 트란 티 항 등의 젊은 엔지니어들, 달의 뒷면 도착.
+ **2062년** 달 기지에 도시 '이에' 만들어짐.
  션 우코와 트란 티 항 결혼.

- **2063년** 최초의 월인 아이 '창어' 출생.
- **2064년** 3월 헥시틸린사 맥스웰 회장의 달 탐사위성 알테미스 계획 추진.
- **2064년** 11월 알테미스 승무원 10명 확정.
- **2065년** 3월 지니어스 형제도 알테미스 탑승 확정.
- **2065년** 두 번째 월인 '라이너스' 출생.
- **2066년** 3월 15일 알테미스 출발. 36시간 후 스테이션 '위글'에 도착.
- **2066년** 3월 18일 서브위성 '유타 21' 발사.
- **2066년** 3월 19일 왕복선 '후버'와 랑데부, 두 번째 도킹 성공.
- **2066년** 3월 23일 달의 뒷면 착륙.
  달 뒷면의 유리 공장에서 아서(라테라사의 조부)와 존 H. 서얼 만남.
- **2066년** 4월 15일 달 탐사위성 알테미스 추락사고(존 H. 서얼 사망).
  나머 준 탄생. 같은 해 세 번째 월인 다이(디오티마), 네 번째 월인 위창(창어의 동생) 탄생.
- **2069년** 아폴로 11호 달 착륙 100주년. 달 기지에 도시 '타우' 만들어짐.
- **2073년** 뮤 갈릴레이, 부모와 함께 달 이주.
- **2075년** 뮤 갈릴레이의 부모, 우주암 발병.
  월인 아이 중 세 명과 지구 출신의 뮤 갈릴레이가 지구로 보내짐. 월인 아이 세 명은 지구에 도착하고 48시간 안에 고중력 쇼크로 모두 사망.
- **2076년** 뮤 갈릴레이의 부모님 달에서 사망.
- **2076년** 션 우코 우주암 발병.

달에서 출생하지 않은 미성년자의 달 장기 거주가 원천 금지됨.
- **2077년** 1월 라테라사 출생(월인 중 마지막 출생자). 이름은 이에 지구의 은어로 '달의 뒷면'이라는 뜻.
션 우코 우주암으로 사망.
- **2078년** 아서 맥스웰 회장, 달의 뒷면에서 아서 우코와 만남.
트란 티 항 우코 우주암으로 사망.
- **2080년** 스카 지니어스, 미국과 유럽연합이 공동 경영하던 만성 적자의 ISC를 인수하여 CSC로 전환.
- **2081년** 샤오티엔 회장 타계.
- **2084년** 달의 뒷면에 산업폐기물, 방사성폐기물 매립(세계우주기구 승인).
닷사우주대학, 달에서의 학부 및 학석사 통합과정 신설.
- **2085년** 다이(디오티마) 우코, 닷사우주대학 신소재공학부 학석사 통합과정 입학.
- **2089년** 다이 학석사 통합과정 졸업. 졸업과 동시에 펜서 우주건설 연구원으로 취업하여 신형 우주망원경 개발 업무를 맡음.
아서 우코 타계. 향년 88세.
- **2090년** 라테라사 13세. 헥시틸린의 연구원 고드프리가 라테라사의 영혼을 감별하는 능력을 공학적으로 이용하기 위한 연구에 돌입.
- **2092년** 3월 15일, 라그랑주 점에 '디오티마' 완공(CSC의 세 번째 우주정거장).
나머 준, 역장 취임.

뮤 갈릴레이, 디오티마 선내 병원 의사로 부임.

✦ **2092년** 연구원 고드프리, 라테라사를 b7 궤도위성까지 데려가려다 납치범으로 체포.

라테라사, 나머 준이 단기 보호자 신청을 하여 1년간 디오티마에 머무르게 됨.

아서 맥스웰 회장, 나머 준과 라테라사를 만나기 위해 디오티마 방문.

제프 바비케인, 코스모폴리스를 그만두고 CSC 취업, 디오티마의 엔지니어로 부임.

나머 준, 콕스 이사의 딸 결혼식에 참석하기 위해 부역장 지온 홋첸플로프와 함께 달 방문. 이곳에서 디오티마 우코의 소식을 들음.

《달의 뒷면을 걷다》 등장인물

✦ **디오티마(다이) 우코**　션 우코와 트란 티 항의 딸. 2066년 달의 이에 지구에서 태어난 세 번째 월인 아이. 성장한 뒤의 애칭이 다이Di이다 보니, 다이를 처음 만나는 사람은 흔히 그의 본명이 다이애나Diana일 거라고 생각하기도 한다. 사실은 조부인 아서 우코가 과거 자신에게 깊은 인상을 남겼던 존 H. 서얼의 별명과 그의 진화하는 영혼의 이름이었던 디오티마에서 이름을 따서 지었다.

　달의 초기 이민자들은 수가 많지 않았고, 대부분 과학자와 엔지니어들로 서로서로 아는 사이여서 어린 시절 다이는 관계자들에게 사랑받으며 자랐다. 2075년까지 월인 아이들은 달에 온 연구원들이 데려온 지구 출신의 자녀들과 두루두루 형제처럼 어울렸으나, 연구원들의 우주암 발병과 2075년 지구로 귀환하던 월인 아이들이 고중력 쇼크로 전부 목숨을 잃는 사건이 발생하며 모든 것이 달라졌다. 다이는 살아남은 월인 아이들 중 가장 나이가 많은 아이였고, 이후 월인 아이들에게 주어지는 교육과 복지의 기준이 되었다. 세계우주기구가 몇 안 남은 월인 아이들의 처우를 결정할 때마다 다이는 무기력하게 복지를 수혜받는 것이 아니라 월인 아이 역시 지구의 아이들과 동등한 권리를 누리는 것이 당연하다고 주장했고, 월인 아이들이 아직 어리다는 이유로 지구인들이 달의 미래를 멋대로 결정하는 것은 부당하다고 외쳤다. 그는 달에서 태어났다는 이유로 미래가 주어지지 않는 월인 아이로 남는 대신, 지구에서 한 걸음 벗어난 달에서 태어나 지구인들이 아직 넘지 못한 한계를 넘어서는 사람이 되려 한다.

✦ **아서 우코** 달 개척 초기의 엔지니어. 본편에서 아서 맥스웰이 그를 만났을 때, 이미 15년 이상 달에서 근속한 베테랑이었다. 달에서 오랜 세월 동안 살면서 영혼을 감별하는 능력을 얻게 되었고, 그 능력은 손자인 라테라사 우코에게 전해진다. 펜서 우주건설의 샤오티엔 회장과 같은 해에 핀란드에서 태어났고, 우주를 꿈꾸며 재료공학을 공부한 엔지니어였다. 우주 모듈을 위한 자재를 만들고, 실험하고, 저궤도에도 올라가 본 적도 있었지만, 달에 가는 것을 어느 정도 체념한 나이에 샤오티엔 회장의 제안을 받아 달에서 직접 월면 모래를 이용한 특수 유리 개발과 생산에 나선다. 이후 달에서 아버지와 마찬가지로 엔지니어로 일하던 아들 션 우코가 트란 티 항과 결혼하고 손주들이 태어났지만, 그 행복은 길지 않았다. 이후 부모를 잃고 지구로 돌아갈 수 없는 월인 손주들을 키우며 계속 달에서 살고 있다. 펜서 우주건설의 초기 공장들을 전부 자신의 손으로 설계하고 감리한 전문가이자 달에서 가장 오랫동안 살아온 사람이다 보니, 펜서 우주건설뿐 아니라 CSC와 레드래쿤, 헥시틸린 등 다양한 기업들이 조

언을 구하기 위해 찾아오기도 한다. 그렇게 만난 인사들 중에는 그 유명한 헥시틸린사의 아서 맥스웰 회장도 있다.

+ **샤오티엔 회장** 펜서 우주건설의 전 총수. 원작에서는 나머 준이 콕스 이사의 딸의 결혼식에 참석하기 위해 달에 갔을 때 만난 샤오싱, 샤오루 형제에게 '조부님'으로 언급된다. 2001년 중국에서 중공업 기업인 펜서 그룹 회장의 아들로 태어났다. 어린 시절부터 우주를 꿈꾸었고 SF 마니아였으며, 젊었을 때 월드콘 행사장에서 줄 서 기다려 동경하는 SF 작가에게서 받은 사인을 평생의 보물로 간직하고 있다. 이후 우주정거장 모듈과 달 기지 모듈, 월면 모래를 이용한 특수 유리 생산 등 우주에서 인류의 주거환경 건설 및 개선에 중점을 둔 우주사업에 몰두해 왔다. 엔지니어인 아서 우코를 속내를 터놓을 수 있는 마음의 벗으로 여기고, 그를 믿고 우주로 보내준다.

+ **션 우코** 아서 우코의 아들이자 아버지와 마찬가지로 펜서 우주건설에서 신소재를 개발한다. 아버지의 후발대를 따라 달에서 월면 모래 연구를 했고, 입사 동기인 트란 티 항과 사랑에 빠져 달에서 신접살림을 차린 첫 번째 부부가 되었다. 우주암으로 세상을 떠났다. 원작에 따로 설정되어 있지 않지만 핀란드의 천공신이자 수확의 신, 천둥번개의 신인 우코Ukko를 따서 아서 우코와 션 우코는 핀란드 출신으로 설정했다.

+ **트란 티 항** 펜서 우주건설 탄소나노튜브 파트에서 일하던 엔지니어. 달 기지 모듈 개발을 위해 달에 왔다가 입사 동기인 션 우코와 결혼해 디오티마와 라테라사를 낳았다. 베트남 출신으로

항이라는 이름은 달의 여신인 항아姮娥의 항姮에서 왔다. 달에서
의 행복한 미래를 꿈꾸었지만 션 우코가 우주암에 걸리고, 달
에서 태어난 월인인 디오티마는 결코 지구로 돌아갈 수 없다는
것을 알게 되자 디오티마를 혼자 남겨두지 않기 위해 라테라사
를 낳았다. 본인도 우주암에 걸려 지구를 그리워하며 세상을 떠
났다.

✦ **라테라사 우코**   2077년생으로 디오티마 우코의 동생. 달 거주법
제정 당시 트란 티 항이 임신하고 있던 아이로, 달에서 태어나
지 않은 미성년자의 달 장기 거주가 원천 금지되고 달에서 아이
를 낳는 것 역시 금지된 후에 태어난 유일한 아이이자 마지막 월
인이다. 라테라사라는 이름은 흔히 이에 지구의 은어로 '달의 뒷
면'이라는 뜻이라고 알려져 있는데, 이는 달 이주 초기부터 달의
뒷면을 개척했던 이들이 달의 남극, 에이트켄 분지를 두고 '달의
여신의 테라스'라고 불렀던 '라 테라사 La Terraza'에서 따온 말이
었다.

영혼을 한눈에 알아보는 조부, 아서 우코의 능력과 같은 능력
을 가진 영혼 감별사로 원작에서는 헥시틸린의 연구원 고드프
리와 함께 영혼을 감별하는 능력을 공학적으로 이용하기 위한
연구를 돕다가 고드프리의 도움을 받아 B7 궤도위성으로 밀항
한다. 이후 나머 준이 단기 보호자 신청을 하여 1년간 우주정거
장 디오티마에 머무르게 되었다.

나머 준이 디오티마의 환생임을 알아보았으며, 이곳에서 아
서 맥스웰 회장과도 만나게 된다. 생명이 가득한 지구를 동경하
는 한편 어릴 때부터 또래 친구는 거의 없이 어른들 사이에서 자
라 현실적인 성격이다. 달 체류가 끝나면 다시는 만날 수 없는

사람들과의 만남이 거듭되며 인간관계에 체념하는 면이 있어서, 지구 출신인 미라 달이 친구가 되려고 먼저 손을 내밀어 오는 것을 밀어내기도 한다.

+ **호쿨라니 카말라니** 지구의 미국 하와이 출신이다. 바닷가의 가난하고 보수적인 마을에서 하와이 원주민의 후손으로 태어났다. 아직 가족 중에 대학을 졸업한 사람이 없는 환경에서 우주로 가겠다는 꿈을 꾸며 자랐다. 열네 살에는 가족을 떠나 아메리카 대륙을 가로질러 대도시의 기숙사 학교에 다녔고 닷사우주대학에 진학했다. 딸이 공부를 계속하는 것을 못마땅해하는 어머니와의 갈등이 있었지만, 박사 학위를 받을 무렵에는 어머니도 자신을 자랑스러워 했기 때문에 서운한 일들은 잊으려 한다. 박사 과정을 마친 후 달에서 연구를 계속하는 한편, 다이의 담임 교사 겸 생물학과 수학을 담당하는 교사 노릇도 하고 있다. 다이는 고등학생이고 달에는 아직 대학의 학부 과정이 개설되어 있지 않은 관계로 다이의 졸업시험, 생활지도는 물론 앞으로의 진로 문제에도 고민이 많은 성실한 사람.

+ **제프 바비케인** 원작에서는 린드그렌 경위의 지인이자, 코스모폴리스로 일하다가 그만두고 현재는 CSC의 기술부에 취업하여 디오티마에서 근무하고 있다. 오지랖이 넓고 정이 많은 성격으로, 달에서 코스모폴리스로 근무할 때에도 지구로 결코 갈 수 없는 월인 아이 라테라사에게 친척 형처럼 친절하게 대했고, 다이가 사고를 칠 때에도 쫓아와서 말리는, 성실해서 손해볼 것 같지만 좋은 사람.

✦ **뮤 갈릴레이** 어렸을 때 2년쯤 달에서 살았으며 체질적으로 저중력이 잘 맞는 편이다. 닷사우주대학 의학부를 졸업했으며 현재는 디오티마의 선내 의사이다. 취미는 돈 세기, 특기는 저축이라고 한다. 어린 시절 엔지니어인 부모님을 따라 달로 이주. 달에서 양친이 모두 우주암에 걸렸다. 아이가 우주암에 걸리기 전에 지구로 돌려보내려 한 부모의 뜻을 따라 부모와 지구 귀환에 오른 다른 월인 아이들과 함께 지구로 보내졌지만, 이 과정에서 형제처럼 함께 자란 월인 아이들이 모두 사망하고 혼자 살아남는 비극을 겪었다. 그가 우주에서 일하는 의사가 된 것도, 디오티마에서 샐리 쿼드로가 우주암에 걸린 것을 확인하고 동요한 것도, 자신의 잘못이 아니었던 그 모든 일들의 영향 때문일 것이다.

✦ **권 서장** 달 기지 타우 지구의 코스모폴리스 경찰서장이자 달 기지 전체의 치안을 담당하는 인물. 평범해 보이지만 지구 밖에서 정식으로 경찰서를 만든 일이 손에 꼽다 보니, 달 전체의 치안을 담당하는 권 서장은 코스모폴리스 창립 초기부터 맹활약한 경찰이었을 것이다. 이 인물의 성이 '권'씨인 것은, 키가 작고 배가 볼록하며 동글동글한 뺨에 꽁지머리를 묶었고, 정수리 쪽으로도 사과 꼭지 모양으로 머리카락을 묶고 다니는 권교정 작가님의 오너캐를 오마주한 인물이기 때문이다. 본문에서 외양 묘사는 굳이 하지 않았지만.

✦ **존 H. 서얼** 2030년생. 2033년 헥시틸린사의 아서 맥스웰 회장의 지원을 받아 2036년 알테미스 계획으로 우주로 나가 처음으로 달의 뒷면에 착륙했다가 귀환하던 중 우주선 사고로 목숨을

잃었다. 향년 36세. 당시 12명의 탑승자 중 지니어스 형제를 유영 모듈에 밀어넣고 추락 직전의 위성에서 궤도로 모듈을 쏘아 넣어 두 사람의 목숨을 구했다. '디오티마'라는 별명으로도 잘 알려져 있다.

✦ **디오티마** 기원전 3세기의 그리스인 여성. 사모스 갑부 아포크수의 딸로, 알렉산드리아에서 태어났으나 어린 시절을 사모스 섬에서 보냈다. 성장한 뒤로는 더 많은 것을 보고, 듣고, 알고 싶은 마음에 아테네와 사모스 섬을 오가며 산다. 태양과 달의 크기를 계산하고 처음으로 지동설을 주장한 아리스타르코스와 친구였고, 그가 사고로 한 팔을 잃고 다리를 심하게 저는 몸이 된 후에는 그의 곁에 남았다. 아리스타르코스를 남겨두고 불의의 사고로 갑자기 맞은 첫 번째 죽음 이후로, 그는 이전 생의 모든 기억을 가진 채 계속 환생을 반복해 왔다. 존 H. 서얼의 몸으로 달의 뒷면에 도달하고, 다시 나머 준의 몸으로 그 다음을 살아가는 '진화하는 영혼'. 한 사람의 '세상을 이해하고자 하는 욕망'에서 출발한 이 진화하는 영혼은 인류를 진보시키는 여정에 서 있다.

✦ **스카 지니어스** 2045년생. 바이오컴퓨터를 현재의 모습으로 발전시킨 천재 과학자. 2065년 헥시틸린사의 알테미스 계획으로 쌍둥이 형제인 루이스와 '디오티마' 존 H. 서얼 선장과 함께 우주로 가고, 달의 뒷면에 착륙해 그곳에 이름을 새겼다. 귀환 중 일어난 사고에서 존 H. 서얼의 희생으로 목숨을 건졌으며, 그의 마지막 약속대로 나머 준을 다시 만날 때까지, 그를 위해 CSC를 인수하고 인류 최초의 우주함선이자 최신형 우주정거장을 만들어 지구와 달이 중력의 균형을 이루는 라그랑주 점에 띄운 후

'디오티마'라는 이름을 붙여 나머 준에게 선물한다. 존 H. 서얼에게 친동생이나 아들과 같은 진짜 가족이고 싶다는 갈망을 품었고, 같은 영혼을 지닌 존재인 나머 준을 두고 혼란에 빠진다. 별명은 스키조.

✦ **루이스 지니어스** 2045년생. 스카의 쌍둥이 동생. 어린 시절부터 스카와 함께 쌍둥이 천재 과학자로 명성을 떨쳤으나, 알테미스 계획으로 우주에 갔다가 돌아온 후 24세부터 사업에 손을 대기 시작. 30세가 되었을 무렵에는 '억만장자 지니어스'라고 불릴 만큼 사업적인 재능도 뛰어나다. 거대 복합기업 레드래쿤의 회장이다. 그 역시 스카와 마찬가지로 다시 만나러 가겠다는 존 H. 서얼과의 약속을 지키기 위해 스카가 CSC를 인수하는 것을 도왔으며, 우려하는 주변인들에게 "우리가 21세였을 때부터 한시도 잊어본 적이 없을 만치 중요한 약속"이라고 설명한다. 그 역시 존 H. 서얼을 좋아하고 존경했으나, 죽은 존 H. 서얼에 대한 감정으로 아직도 혼란스러워하는 스카에게 "형의 디오티마는 죽었어"라고 달래는 이성적인 동생이기도 하다.

✦ **아서 맥스웰** 2025년 헥시틸린 인더스트리얼 회장 제임스 맥스웰의 아들로 탄생. 이후 헥시틸린사의 회장으로서 기업을 이끌어 왔다. 사람을 사랑하거나 세상에 딱히 애정을 갖지 않는 냉정한 사람이지만 세상에 존재하는 모든 것에 유효한 룰, 보이지 않는 지도처럼 영원히 그 실체를 알 수 없지만 그럼에도 불구하고 모든 것을 포괄하는 일관된 시스템이 있다고 생각하는 사람이다. 2063년 무렵 그는 존 H. 서얼과 만나게 되고, 그의 경험치에 인간의 가능성을 걸고 싶어한다. 존 H. 서얼을 달의 뒷면에 보

내기 위해 2064년 3월 알테미스 계획을 수립하지만, 결국 그 사고로 존 H. 서얼을 잃고 만다. 세월이 흐른 뒤 지니어스 쌍둥이들의 움직임과 거대 우주정거장 디오티마, 그리고 그곳의 역장이 스물여섯 살의 젊은 여성인 나머 준이라는 데서 어떤 힌트를 발견하고 디오티마로 날아온다. 고독하고 세상을 이해하고 싶어하며 앞으로 나아가고 싶어하는 사람이자, 디오티마의 영혼이 '나의 이해를 넘어선 사람'이라고 생각하는 인물. 그리고 전생을 기억하지는 못하지만, 왕성한 지식욕을 품고 그저 알고자 하는 마음으로 나아가다가 좌절했던 아리스타르코스와 같은 영혼을 지닌 존재이다.

전혜진 작가의 소고
《제멋대로 함선 디오티마》를 바라보는 세 가지 시선

덕질과 패러디의 세계, 물 위로 올라오다

다나카 요시키의 《은하영웅전설》은 일본 도쿠마쇼텐에서 1982년부터 출간을 시작한 SF 소설 시리즈이다. 본편 10권, 외전 5권에 달하는 이 장대한 소설은 1988년, 일본의 SF 문학상인 '성운상'을 수상하고 이후 만화와 게임, 애니메이션으로 제작되었다. 국내에서는 1991년 을지서적에서 해적판 소설로 발매하며 첫 선을 보였다. 민주주의 국가이지만 대중을 기만하는 부패한 정치가가 정권을 잡고 있는 자유행성동맹의 군인 양 웬리와 부패와 비리가 계속되어 온 골덴바움 왕조를 끝장내고 청렴하고 강력한 새로운 왕조를 열고자 하는 라인하르트 폰 로엔그람의 대립은 일본은 물론, 당시 군사정권이 끝나고 문민정부가 들어서며 정치적인 변화를 맞이하던 한국의 청년들에게도 큰 영향을 미쳤다.

그런데《은하영웅전설》의 주인공인 양 웬리는 천재적인 지략가이자 명장이지만, 본래 군인이 아니라 역사학자가 되고 싶었던 그는 군인이라는 직업에 자부심도 없고 명예를 소중히 여기는 무인 정신도 없다. 운동신경이나 근력도 군인 치고는 형편없고 체력도 약해 여기저기서 꾸벅거리며 졸다 보니, 사령부에서 양 웬리는 머리 아래는 쓸모가 없다는 농담이 대놓고 나올 정도다. 일상생활 면에서도 허술한 점이 많아 양 웬리의 양자이며 그보다 열네 살이 어린 율리안이 생활 전반을 돌봐준다.

역사학을 공부하고 싶었던 사람답게 양 웬리는 전략이나 전술보다 인간의 역사와 문화를 소중히 여긴다. 이념의 대립과 엄격한 규율, 국가주의에 반대하고 인간 개인으로서의 삶과 민주주의를 소중히 여긴다. 비록 양 웬리는 뜻을 이루지 못하고 서른세 살의 나이에 암살당하지만《은하영웅전설》의 독자들에게, 그리고 수많은 동아시아 정치 덕후들에게 누구보다도 강한 인상을 남긴 인물이다.

그리고 이 양 웬리의 영향을 직접적으로 받은 캐릭터로 1999년 요시오카 히토시가 발표한《우주 제일의 무책임 남자》와 1993년 제작된 애니메이션〈무책임 함장 테일러〉시리즈의 주인공 저스티 테일러가 있다. 테일러는 천재라 하기에는 허점이 많지만 바보 취급을 하기에는 직관이 뛰어난 청년으로, 항상 강력한 운이 뒤따라 순식간에 병사에서 함장까지 승진한 사람이다. 그는 강력한 행운과 기지로 맹활약을 펼쳐 최고의 명장이자 지략가로 불린다. 테일러 역시 인간 개인의 행복과 자유를 소중히 여기고, 가급적 싸우지 않고 희생을 덜 내며 평화를 추구한다.

그리고 다시 《제멋대로 함선 디오티마》로 돌아오자. 현재까지 네 권으로 이어져 온 이 이야기의 첫 번째 챕터의 제목은 바로 '제멋대로 함장 나머 준'이다. 애니메이션 〈무책임 함장 테일러〉가 떠오르는 제목이다. 게다가 나머 준은 젊은 나이에 부임했음에도 일의 프로세스를 정확하게 알고 상황에 맞는 적확한 지시를 내릴 수 있는 상황 판단 능력과 경험치, 그리고 게을러 터진 행보를 보인다. 그런 나머 준을 보고 있으면 떠오르는 인물이 있다. 바로 양 웬리다. 자신을 돌봐줄 양자 율리안이 없어서 흐느적 거리는 양 웬리를 연상시키는 이 인물은 스물여섯 해 전 세상을 떠난 존 H. 서얼의 환생이자 고대 그리스 여성인 디오티마의 환생이다. 그리고 서른여섯 살에 세상을 떠난 존 H. 서얼의 곁에는 그를 사랑하여 남몰래 "그의 가족이고 싶었다"고 눈물을 흘리던 스카 지니어스가 있었다. 공교롭게도 양 웬리와 율리안의 나이 차이와 같은 열네 살 차이다. 그런 스카가 훗날 CSC를 인수하고 양 웬리의 이제르론 요새처럼 둥그런 형태는 아니지만 우주 스테이션 디오티마를 만들어 나머 준을 디오티마의 함장, 아니 역장으로 임명하는 것이나 CSC와 경쟁상대인 헥시틸린의 회장 아서 맥스웰과 디오티마의 관계, 하다못해 민간 기업인

데도 군복 같다는 평을 듣는 CSC 제복에 딸린 베레모나 데브리 수거함 이름이 '휘페리온'인 것을 보고 있노라면, 이 이야기의 큰 뿌리가 어디에서 왔는지 생각할 수 있다.

사실 권교정의 《은하영웅전설》 사랑은 이 《제멋대로 함선 디오티마》에서만 드러나는 것은 아니다. 권교정은 자신의 작품들의 후기 만화를 모은 단행본 《Gyo의 리얼 토크》에 자신이 학생시절 그린 《은하영웅전설》 패러디 만화를 수록했다. 이전에도 국내 작가의 만화에 일본 만화 패러디가 짧게 들어간 예가 있었고 일본 문화가 본격적으로 개방되기 전에는 일본의 특촬물을 국내에서 만화화하여 짧게 소개한 적도 있지만, 이렇게 대놓고 특정 작품의 패러디임을 명시하고 수록한 만화는 그 예가 극히 드물다. 뿐만 아니라 작가의 또 다른 작품인 《어색해도 괜찮아》에서는 주인공이 《은하영웅전설》이나 《어스시의 마법사》, 《패트레이버》 등에 푹 빠져 있는 모습이 나온다.

그렇다면 어째서 권교정은 적극적으로 작품 속에 패러디를, 그리고 자신이 영향을 받은 작품들을 수용할 수 있었을까. 이는 1970년대부터 싹트기 시작하여 1980년대에 조직화되고 1990년대에 마침내 그 첫 번째 전성기를 맞이한 동인문화와 무관하지 않을 것이다.

1970~1980년대에도 아마추어 만화동아리들이 있었고, 특히 1982년에는 KWAC, 1983년에는 PAC, 1984년에는 아람과 KGB 같은 순정만화 계열의 동호회들이 연이어 발족되

었다.✦ 특히 전설의 동아리라 불렸던 PAC은 초대회장 강경옥, 회원으로는 나예리, 박희정, 유시진, 이강주 등 전원이 데뷔할 정도의 실력파들의 모임이었다.

이렇게 1980년대부터 조직되어 온 일군의 동인들은 동인지를 만들고 교류하기 시작했다. 이 교류가 더욱 본격화된 것이 순정만화잡지들의 창간과 전국만화동아리연합회인 ACA의 출범이었다. 1989년 출범한 ACA는 르네상스(1988년 창간), 댕기(1991년 창간), 터치(1993년 창간), 이슈(1995년 창간), 파티(1997년 창간) 등 주요 순정만화 잡지의 흥행과 함께 그 세를 키워나갔다. 만화 동아리들은 잡지를 통해 회원을 모집하거나 회지를 홍보하고 다른 동아리와 교류했다. 잡지에 실린 만화를 보고 일러스트나 원고를 투고하는 이들도 많아졌다. 물론 동인지를 내고, 순정만화잡지를 통해 교류하거나 ACA의 행사에 참가하며 성장하고, 잡지 공모전에 투고하며 데뷔했다. 권교정은 물론, 1990년대 중반 이후 데뷔한 많은 순정만화 작가들이 이 같은 동인문화의 영향을 받았다.

《기부르의 입맞춤》이나 《헬무트》, 《메르헨 — 백설공주의 계모에 관한》의 중세 분위기, 《정말로 진짜》나 《어색해도 괜찮아》, 《Always》같은 현대물에 짧게나마 언급된 문화콘텐츠들, 《제멋대로 함선 디오티마》의 고대 그리스와 《은하영웅전설》까지. 권교정의 만화에는 작가가 영향을 받고 사랑했

✦ 〈국내 동인지&동인 행사의 역사〉, (미르기닷컴, 2021.04.09), https://www.mirugi.com/k/com/ktacj080.html 참고

던 것들의 흔적이 지문처럼 뚜렷하게 남아 있다.

 작가가 다른 작품의 영향을 받았다고 하면 좋게 보지 않는 이들도 많다. 어떤 작품이나 개념을 완전히 이해하고 영향을 받은 것을 자연스럽게 양분 삼아 새로운 작품을 꽃피우는 것이 아닌, 대충 캐릭터나 구성을 가져다 쓰면서 그 사실을 숨기는 데 급급한 작품들은 대체로 성의가 없고 정도가 지나치면 표절이 되는 법이다. 그러나 자신이 사랑하는 작품들을 완전히 소화한 작가가 당당하게 "나는 이것을 좋아한다", "이것의 영향을 받았다"고 내세운 흔적은 그 자체로 또 하나의 계보가 된다. 아니, 때로는 그런 당당한 패러디는 작가의 자신감으로도 매력으로도 읽힌다. 《제멋대로 함선 디오티마》의 어느 부분이 《은하영웅전설》과 《무책임 함장 테일러》의 영향을 받았다는 사실을, 첫 번째 챕터의 제목에서부터 결코 숨기지 않은 것처럼.

예민한 이들에게 먼저 다가오는 서늘함과 쓸쓸함

 권교정의 만화 《마담 베리의 살롱》은 《삼총사》와 같은 총사가 있는 세계다. 여성이 총사가 되는 것이 불가능하지 않은 이 세계에서 고향을 떠나 수도로 향하는 에필의 출발은 마치 삼총사의 다르타냥이 가스코뉴를 떠나 파리로 가서 총사가 되려는 모습을 떠올리게 한다. 검과 마법, 바로크 양식의 궁

정이 있는 이 세계에는 늠름하고 용감한 총사들과 아름다운 귀부인들, 특히 신비로운 마담 베리와 같은 순정만화 풍의 늘씬한 인물들이 돌아다니지만, 작가의 오너캐이자 이 세계의 국왕인 '킹교'와 킹교를 제외하면 혼자만 그림체가 다른 시녀 메어리의 존재는 독자에게 이질적인 느낌을 불러일으킨다. 여기에 수상쩍은 '예언서'의 존재가 분위기를 더욱 긴장되게 한다.

사실 이 만화는 1권까지만 나온 채 연재가 중단되었다. 이야기의 흐름으로 볼 때 이제 겨우 시작일 뿐이다. 하지만 이 만화의 초반부터 이 세계를 감싸는 정서는 불안감과 쓸쓸함이다. 느리지만 확실한 종말이 예고되어 있는 이 세계에서 등장인물들은 마치 문이 닫히고 점점 좁아지며 군데군데 균열이 발생하여 머잖아 붕괴할 것 같은 세계 안에 잘못 끼어 있는 것처럼 이질적이고 부조리하게 보인다. 그리고 다가오는 종말을 직접 인식하지 못한다 하더라도 살갗에 닿아오는 그 불안감과 쓸쓸함은 골목골목 쉽게, 가장 예민한 사람들에게서 먼저 번져나간다.

권교정의 실질적인 데뷔작인 《헬무트》에서도 비슷한 쓸쓸함을 찾아볼 수 있다. 영주의 딸이지만 소탈한 성품의 이름갈트와 그를 사랑하여 그에게 청혼할 수 있을 만한 공적을 세우기 위해 모험을 떠나는 율겐의 이야기는 밝고 따스해 보이지만, 이들이 살아가는 세계의 형태는 결코 상냥하고 아름답지 않다.

《헬무트》의 배경은 종교의 권위가 그 어느 때보다도 강성했던 중세 독일을 모티프로 하고 있다. 종교는 권력을 독점하고 신의 이름을 내걸며 사람들을 억압한다. 교회의 가르침과 조금이라도 어긋나는 이들, 정치적으로 반발하는 이들, 개혁적인 지식인들과 무신론자, 과학자, 여성들과 이 이야기에서는 인간과 다른 요정들까지, 종교는 소수자들과 자신의 권위를 의심할 만한 합리적 지혜를 가진 이들을 마법사나 마녀, 이단자라는 이름의 악으로 규정하며 화형에 처한다. 공적을 세우기 위해 마법사 헬무트를 찾아 떠나는 율겐도, 영지에서 자신의 삶과 농노의 삶 사이에 자리하는 계급과 빈부 격차를 생각하는 이름갈트도, 저마다의 길에서 치열하게 살아가는 이들이기에 이 야만적인 시대에 대해 고민한다. 과연 이따위 세계여도 괜찮은 것인지에 대해. 반드시 닥치고야 말 세계의 타락을 목격하며 다가오는 종말을 감지하는 사람들의 마음은 슬프고도 서늘하다.

 이 같은 종말과 쓸쓸함의 정서는 권교정의 여러 작품 속에서 선명하게 드러난다. 정통 판타지인 《페라모어 이야기》, 《청년 데트의 모험》, 《왕과 처녀》에서도, 동화의 패러디인 《메르헨, 백설공주의 계모에 대한》과 《피리 부는 사나이》에서도. 그 세계의 규모가 다를지언정, 종말의 형태가 세계 규모에서부터 아주 개인적인 형태까지 다를지언정, 그 예정된 끝을 바라보는 고통스러운 쓸쓸함의 정서만은 이어진다.

 중세를 배경으로 한 이야기에서 그 쓸쓸함은 한 시대의

종말, 또는 세계 종말에 대한 대유로 표현되지만 현대물에서도 이러한 정서는 이어진다. 《매지션》의 주인공들은 우리 주변에 섞여 있는, 자신과 타인의 관계 사이에 작용하는 힘을 지닌 마법사들이다. 이들은 인간과 인간 세계를 때로는 게걸스러울 정도로 사랑하지만, 결국 어느 곳에도 머무를 수 없고 원하는 것을 포기하는 방법을 배워야만 한다. 그리고 이러한 쓸쓸함의 정서, 그리고 다가오는 종말을 감지하는 예민함은 《제멋대로 함선 디오티마》에서 더욱 직접적으로 표현된다.

거역할 수 없을 정도의 호감,
압도적인 안타까움

그 기이한 안도감,
존재할 것 같지 않은 고독과 예상치 못한 그리움

위 대목은 부역장 지온 훗첸플로프가 나머 준을 처음 만났을 때 느낌에 관한 서술이다. 이 같은 감정은 권교정의 만화 전반에 흐르는 서늘함과 쓸쓸함의 정서를 한 줄로 꿰어놓은 듯 명징하다.
《제멋대로 함선 디오티마》의 주인공인 나머 준은 젊고 아름다우며 실력도 갖춘 인물로, 누구나 운이 좋다고 생각할 만큼 빠른 승진을 거듭하여 26세의 젊은 나이에 디오티마의 역장이 된 인물이다. 그런 나머 준에게 느껴지는 근본적인 비애의 원인은 반복되는 삶과 죽음이다. 모든 것을 알고 싶었고 달의 뒷면을 보고 싶었던 고대 그리스인 여성 '디오티마'는 갑작스럽게 닥친 폭력적인 죽음 이후로 이전 생의 모든 기억을 가지고 환생을 반복하며 서기 2092년까지 오게 된다. "죽음의 순간은 몇 번을 맞이해도 혹독한 것"이라 말하는 나머 준에게 있어 삶이란 끝없는 지식의 추구인 동시에 가혹한 죽음의 반복이다. 한 사람의 일생이 그를 둘러싼 작은 세계라면, 죽음이란 작은 세계의 종말과도 같다. 그는 기원전부터 서기 2092년까지 이러한 작은 종말을 수없이 반복해 온 사람이다.

한편 종말에 대한 정서를 느끼는 인물은 디오티마(나머준) 뿐만이 아니다. 디오티마가 "나의 이해를 넘어선 사람"이라 부르는 헥시틸린사 회장 아서 맥스웰 역시 종말을 향해 수렴하는 세계에 대해 생각하는 인물이다. 아서 맥스웰은 냉정하고 아이들을 썩 좋아하지 않지만, 거리에 밝은 표정의 아이들이 보이지 않으면 그 사회는 곧 엉망이 된다는 이유로, 회사에서 불만을 토할 정도로 사회복지에 지원을 아끼지 않는 인물이다. 그는 디오티마와 마찬가지로 세상의 시스템이라는 것을 어렴풋이 이해하고 그 룰을 따르고자 하는 사람이다. 방향은 다를지언정, 그 역시 종말을 감지하고 종말이 주는 서늘함과 쓸쓸함에 맞서 앞으로 나아가려 하는 인물이다. 그는 자신의 한계, 그리고 자신의 육체와 수명의 한계를 알고, 대신 아무도 가지지 못한 인간에 대한 통계를 디오티마의 경험치에 걸어보려는 인물이다.

이 같이 인물들의 만남과 헤어짐, 뜻밖의 지점에서 잠시 연결되는 공감과 이해와 결속은 마치 권교정의 《매지션》에 언급되는 운명의 절대교점 '라후'를, 그리고 헤르만 헤세의 소설 《데미안》에서 에바 부인과 싱클레어의 대화 중 언급되는 '정든 길이 서로 만나는 곳'을 떠올리게 한다.

"정든 길이 서로 만나는 곳에서는 일순간 온 세계가 고향처럼 보이는 거지요."✦

고통스러워 하면서도 앞으로 나아가는 사람들

권교정의 《매지션》에는 코끼리를 갖고 싶었던 사람에 대한 비유가 나온다. 코끼리를 너무나 좋아해서 코끼리를 갖고 싶었던 사람이 있었다. 하지만 그의 집은 코끼리를 기를 수 있을 만큼 넓지 않았고 배불리 먹일 수 있을 만큼의 사료를 살 수도 없어, 코끼리를 가지게 되더라도 유지할 수가 없었다. 코끼리를 기르기 위해 돈을 모으려 했지만 잘 되지 않았다. 개나 고양이가 아니라 왜 분수에 맞지도 않는 코끼리를 원하게 되었을까 생각했지만, 그의 마음은 이미 코끼리에게 사로잡혀 있어서 어쩔 수가 없었다.

✦ 《데미안》, 헤르만 헤세 저, 홍성관 역, (현대문학, 2013.01.31)

"지금 제일 원하는 게 뭐야?"
"코끼리를 포기할 수 있는 마음."

코끼리를 원하는 이 사람은 그럼에도 불구하고 코끼리를 포기하지 못한다. 자신의 이상을 추구하는 일은 이토록 고통스러운데도 놓아버리는 것도 불가능하다. 이런 마음을 어리석은 욕심이자 헛된 집착이라고만 말할 수 있을까. 권교정이 그리는 인물들은 그렇게 남들은 선뜻 선택하지 않는 이상을 품고 고통스러워 하면서도 전진하는 이들이다.

너무나 불행해서 숨이 막혀요.
하지만 이미 시작되어 버려서
어쩔 수가 없어요.

그것은 때로는 사랑이고, 때로는 모든 것을 알고 싶다는 생각이며, 때로는 조금 더 나은 자신이 되고자 하는 마음이다. 《제멋대로 함선 디오티마》의 디오티마 역시 그런 인물이다. 그는 순수하게 더 알고자 하는 의지, 그저 지식의 본질에 다가가고자 하는 욕망을 품었다. 인간의 수명은 한계가 있으므로 내가 이루지 못하면 또 다른 누군가가 세대를 거쳐 이어 나가며 인간의 지혜가 성장한다는 것을 알면서도, 디오티마는 언제나 더 많은 것을 알고 싶다고 생각했다. 지상에서는 결코 볼 수 없는 달의 뒷면을 자신의 눈으로 보고 싶다는 불가능한 꿈을 가슴에 품었다. 디오티마의 영혼은 그렇게 알렉산드리아에서 시작하여 달의 뒷면까지, 기나긴 영원을 살면서 계속 앞으로 나아간다.

하지만 그 과정은 결코 순탄하지 않다. 영원한 생을 살아갈 수 없는 인간의 몸으로 계속 앞으로 나아가기 위해, 그는 마치 허물을 벗는 뱀처럼 계속해서 수많은 삶과 죽음을 반복해야만 한다. 그것은 옷을 갈아입듯 간단한 일이 아니라, 살점이 떨어져 나가듯 감당하기 힘든 혹독한 일이다. 정말로 뱀이 허물을 벗듯이.

많은 문화권에서 뱀은 지혜의 상징이자 불사와 영원, 윤회를 상징하는 동물이었다. 사람들은 뱀이 허물을 벗는 것을 죽음으로부터의 재생이라 여기기도 했다. 디오티마는 육신을 벗어놓고 다시 새로운 육신을 입으며 계속 앞으로 나아간다. 고향을 떠나 계속해서 삶과 죽음을 반복하며, 나중에는 가장 커다란 집이자 육체인 지구를 떠나 달의 뒷면에 도달할 때까지, 디오티마는 계속해서 몸을 갈아입고 집을 떠나고 죽음의 고통을 넘어 다시 앞으로 나아간다. 그렇게 모든 것을 알고자 하는 마음은, 설령 불행과 고통을 감당해야 할지라도 디오티마를 계속 다음 생으로, 새로운 시대로 향하게 한다. 그의 행보는 인간의 무한한 가능성을 긍정하는 인간에 대한 찬가이자 인간의 탐구심에 바치는 끝없는 경의 그 자체다.

하지만 그의 생은 고독하다. 디오티마는 현재를 살아가지만 지금 이 자리에 서 있는 사람은 아니다. 디오티마와 그의 환생들은 과거에서 왔고 미래로 갈 것이며, 지금 이 순간은 그가 살아왔고 살아갈 영원에 가까운 시간에 비하면 덧없이 짧다. 지금 함께하는 사람들 역시 언젠가는 아득한 기억 속의 사람들이 되고 만다는 사실을 디오티마는 알고 있다. 이 이야기 속 인물들이 존 H. 서얼이나 나머 준을 대하며 쓸쓸함을 느끼는 이유도 여기에 있다. 하지만 이 사람들은 그 쓸쓸함에 밀려나 그에게서 거리를 두고, 그를 고독 속에 남겨두지 않는다. 마치《매지션》에서 휘버 속성의 매지셔너를 만난 사람들은 누구나 그에게 무조건적인 사랑과 호의를 쏟는 한편으로 그에게서 어떤 원초적인 슬픔을 감지하고 걱정하듯, 디오티마를 만난 사람들도 그렇다. 지온 훗첸플로프도, 스카 지니어스와 루이스 지니어스도, 나머 준과 존 H. 서얼의 내면에서 배어 나오는 그 쓸쓸함에 이끌린다. 그리고 그의 곁에 있기 위해 느리지만 분명하게 그 뒤를 따른다. 한 사람의 '세상을 이해하고자 하는 욕망'이 결국은 인류를 진보시키는 것이다. 설령 디오티마가 계속 앞으로 나아가기만 하는 것을 '진화'라고 불러도 좋을 지에 대해 의문을 품더라도.

《제멋대로 함선 디오티마》에서 묘사하는 우주정거장 디오티마에서의 시끌벅적한 생활은 때때로 직장인들의 시트콤 드라마처럼 보인다. 이들은 스페이스 데브리를 치우고 조난당한 우주선을 구출한다. 불법 여행자를 코스모폴리스에 인계하고 때로는 높으신 분들과 저녁을 먹고 출장을 다녀야 하며 중간중간 의사에게 잔소리도 듣는다. 맛없는 회사 식당 메

뉴에 불평하고 틈만 나면 사라져서 어딘가에 숨어 낮잠을 자는 상사의 험담도 하지만, 이 정도면 현실의 직장생활에 비하면 완벽하고 이상적인 직장처럼 보인다.

하지만 우주정거장 디오티마라는 이 작은 세계는 영원하지 않다. 우주에서 근무하는 사람들은 일정 기간이 지나면 지구에서 돌아가야 한다. 나머 준에게도 이곳은 결코 영원한 낙원일 수 없다. 그는 언젠가 자신이 모든 고향을 떠나오고 모든 육신을 벗어버렸던 것처럼, 이곳에서도 필연적으로 떠나갈 것이다. 하지만 그럼에도 이 세계는 소중하다. 반드시 잃어버릴 세계이기에 때로는 쓸쓸하겠지만 디오티마의 영혼은 이곳을 기억할 테니까. 그리고 기억하며 조금 더 앞으로, 조금 더 멀리 나아가는 한 사람의 발걸음은, 설령 아무리 쓸쓸하고 고통스럽더라도 다른 사람들을 고양시키고 함께 나아갈 수 있도록 이끌어간다. 나머 준의 인연들, 존 H. 서얼의 인연들, 그리고 2300년 이전의 아리스타르코스와의 인연들. 타인들과의 그 교점은 《매지션》에서 말하던 라후처럼 디오티마의 영혼과 얽히며 함께 고양되고, 함께 나아갈 것이다.

작가의 말

아직 작가가 되기 전에 권교정 선생님 댁에 찾아뵈었던 적이 있다. 물론 그때도 권교정 선생님의 홈페이지인 교월드에 주기적으로 접속해서 글을 읽는 열혈 독자이긴 했지만 그때의 방문은 팬으로서 찾아간 것도, 물론 스토킹 같은 범죄도 아니었다. 정확히는 일 때문이었다. 그 무렵 다니던 회사에서 권교정 선생님께 삽화 다섯 컷을 의뢰하기로 했는데, 당시 신입사원이던 나는 만화에 대해 좀 안다는 이유로 운 좋게도 그 일을 맡게 되었다. 문조가 날아다니는 작은 방, 펼쳐지다만 우주 같은 원고지가 놓인 책상 옆에 앉아서 나는 길고 지루한 이야기 끝에 사실은 나도 매일 밤 컴퓨터를 켜고 수학으로 마법을 짓는 마법사들이 나오는 소설을 쓰고 있다고 말씀드리게 되었다.

그때까지만 해도 나는 수학과를 나와서 작가가 된 사람을 거의 보지 못했다. 수학교육과를 나오고 만화가가 된 권교정 선생님은 그 꿈에 가장 가까워 보이는 분이었다. 《수학독본》 같은 책들이 책꽂이의 한 자리를 차지하고 있던 그 방에서 권교정 선생님께서는 이런저런 말씀과 함께 《제멋대로 함선 디오티마》의 후기에 실린 중력 계산을 실수한 이야기를 해주셨다. 다들 수학 갖고 뭐라고 하는데 수학이 뭐 어때서, 다들 배우는 거잖아, 그런 이야기를 하며 웃기도 했다.

그러게, 수학이 뭐 어때서.

그리고 20년 남짓 지난 지금, 그때의 어리버리한 신입사원은 결국 SF 작가가 되어 여성 수학자들이 잔뜩 나오는 책도 쓰고, 에이다 러브레이스 위인전도 쓰고, 수학 공식으로 귀신 때려잡는 소설도 쓰고, 〈수학동아〉에 어린이 수학 만화도 연재하면서 SF도, 스릴러도, 사회파 호러도, 수학이 나오는 이야기들도 포기하지 않고 계속 무언가 쓰고 있습니다. 감사합니다.

나는 현재 한국 SF 작가들 중 여성 작가의 비율이 높은 데는 1990년대에 활발하게 전개된 SF 순정만화의 위대한 역사가 지대한 공헌을 했다고 믿어 의심치 않는 사람이다. 오죽하면 1990년대를 중심으로 한국 SF의 역사에 꼭 들어가야 한다고 생각하는 SF 순정만화들 여러 편을 살펴보는 리뷰집✦까지 내는, 성공한 덕후다운 짓까지 했을까. 조금 자랑하듯 덧붙이면 과거 우리가 사랑했던 SF 순정만화에 대해 지금 이 시대의 SF 작가가 헌정하는 소설을 쓴다는 이 지극히 오타쿠 같은 아이디어도 바로 내가 낸 것이다. 내가 사랑하는 SF 순정만화가 한두 종이 아니고 존경하는 작가님도 많지만, 나는 이 기획의 아주 첫 단계부터 《제멋대로 함선 디오티마》를 생각하고 있었다.

　투병 중이시던 권교정 선생님이 또 수술을 하셨다는 이야기를 들은 어느 날, 나는 권교정 선생님과 선생님의 작품들을 걱정했다. 출판 시장이 어렵거나 다른 여러 현실적인 문제로 연재가 중단되는 것도 서러운 일인데, 건강 때문에 어쩌면 영영 이 작품을 마무리할 수 없을지도 모른다면 얼마나 고통스러우실까 하고. 그 고통은 좋아하는 작품의 완결을 읽지 못하는 독자의 속상한 마음 따위와는 비교도 되지 않을 터였다. 오랜 독자로서 속상해 하고 작가로서도 그 고통에 이입해서 괴로워하다가, 문득 방구석에서 슬퍼하는 데 그칠 게 아니라 좀 더 생산적인 일을 해야겠다고 생각했다.

　권교정 선생님께 있어서 디오티마가 얼마나 훌륭한 작품이고 우리가 얼마나 이 작품에 영향을 받았는지 알려드려야 하는 게 아닐까 하고.

✦ 《순정 만화에서 SF의 계보를 찾다》, 전혜진, 〈구픽〉, 2020.06.25〉

처음에는 앤솔러지를 생각했다. 한국 SF계 여기저기 숨어있을지 모를 권교정 덕후를 박박 긁어모아 헌정 앤솔러지를 만들어야지, 그러면 나는 헥시틸린사 회장 아서 맥스웰과 아리스타르코스에 대한 단편소설을 써야겠다, 하고. 하지만 현실적으로 아이디어를 구체화하고 에이전시와 함께 기획서를 다듬는 과정에서 이 꿈은 현재의 형태로, 한국 SF 작가가 기념비적인 SF 순정만화에 대해 한 사람이 한 편씩, 경장편 분량의 헌정소설을 쓰는 기획으로 부풀어 올랐다. 기획서를 완성하여 제안하자 곧 현대문학에서 관심을 보여주셨다. 존경하는 박애진 작가님이 《라비헴 폴리스》를, 듀나 작가님이 《1999년생》을 바탕으로 소설을 쓰고 싶다고 손을 들어주셨다. 원작을 쓰신 선생님들께 허가를 받는 일도 순조롭게 진행되었다. 오타쿠의 마음으로 시작된 아이디어는 마침내 겹겹의 행운이 함께한 끝에 시리즈가 되어 굴러가기 시작했다.

《제멋대로 함선 디오티마》의 오마주를 더 잘 쓸 수 있는 사람이 있을 수도 있고, 나 역시 덕후로서 마음을 활활 불태우며 소설을 쓰고 싶은 다른 작품이 더 있을 수 있다. 하지만 모니터에 달 사진을 잔뜩 띄워놓고 바라보다가, 26년 전 '디오티마' 존 H. 서얼이 광막한 우주를 바라보던 그 자리에서 디오티마라 불리는 또 다른 여자아이가 우주를 바라보는 이미지를 떠올린 순간, 이 이야기는 반드시 내가 써야 한다고 확신했다. '디오티마'이자 마술사이고 인간의 역사와 함께 해온 누군가가 멈추어 서서 하늘을 올려다 본 그 자리에서, 또 다른 누군가의 한 걸음이 시작되는 순간. 그것이야말로 과거 어느 순간의 내가 《제멋대로 함선 디오티마》에 투영했던 꿈의 편린 그 자체였으므로.

　……그러니까 저에게 디오티마는, 정말 오랜 꿈이었습니다.

　아이디어를 실현 가능한 기획으로 확장해 주신 그린북 에이전시와 이 시리즈를 흔쾌히 받아주신 현대문학, 원작 사용 허가에 많은 도움을 주신 학산문화사 이승희 국장님과 이 꿈같은 기획의 시작이자 존경하는 권교정 선생님께 깊이 감사드립니다.

2024.09.20. 전혜진

부록

안녕하세요. 만화가 권교정 입니다.
흥미로운 기획이라고 생각했었지만, 예상보다 더 재밌는
작품과 만나게 되어 무척 기쁘네요. 한창 《디오티마》를
그릴 때의 마음이 떠올라 더욱 의미가 있었습니다.
작품의 세계관이 넓어진다는 게 어떤 것인지, 즐거운 기분을
알게 되기도 했고요. 이런 작품이라면 앞으로도
계속 읽어보고 싶어졌거든요. 읽는 내내 제가 달에서
그들과 함께하고 있는 기분도 들었어요. 오랫동안 잊고 있던
세계로 다시 데려가 주셔서 감사합니다. 그립기도 하고
행복하기도 한 만남이었어요. 디오티마를 기다리던
독자 분들이라면 꼭 한 번 읽어봐 주셨으면 좋겠습니다.

달의 뒷면을 걷다

지은이 전혜진
펴낸이 김영정

초판 1쇄 펴낸날 2024년 10월 25일

펴낸곳 폴라북스
등록번호 제22-3044호
주소 06532 서울시 서초구 신반포로 321(잠원동, 미래엔)
전화 02-2017-0280
팩스 02-516-5433
홈페이지 www.hdmh.co.kr

ISBN 979-11-88547-40-1 (03810)

* 폴라북스는 (주)현대문학의 종합출판 브랜드입니다.
* 책값은 뒤표지에 있습니다.
* 파본은 구입처에서 교환해드립니다.